JN247765

無敵の万能要塞で快適スローライフをおくります
~フォートレス・ライフ~
4
「ねぇ……ルイス？」
「何、メリッサお姉ちゃん」
「そろそろ休憩にしない？」
「またぁ？　ついさっき休んだばかりじゃない」
「だってぇ……」
ルイス
双子の妹。
姉と違って、考える
より先に体が動く
タイプ。
「早くクラーラさんを見つけだして……
オーレムの森へ帰ってくるように伝えないと」
メリッサ
エルフの里、
オーレムの森からの
使者。双子の姉で
おっとりタイプ。

凍った湖上で
小魚釣りをエンジョイ!!
ジャネット
ドワーフ族の娘で、
鍛冶の腕前は随一。
インドア派で小説を
書くのが趣味。
フォル
完全自律型甲冑兵。
特技は料理で、
要塞村の
厨房を担う。
トア
無血要塞・ディーフォルを
自在に改造する
《要塞職人》で、
いつの間にか村長に。
個性豊かな住人と
第二の人生を謳歌中。
エステル
《大魔導士》の
ジョブを持つ、
トアの幼馴染。

マフレナ
伝説の人狼一族、
銀狼族の娘。
無邪気で(色々と)
警戒心が緩い。
クラーラ
《大剣豪》のジョブを
持つエルフの少女。
脳筋でさっぱりした
性格で、要塞村では
狩りを担当する。

シャウナの口から語られる、
八極最強クラスの存在――。
死境のテスタロッサ。
八極のひとりで、クラーラと同じくエルフ族の女性
――というくらいしか情報がない、謎多き存在である。
「……やっぱり、強かったんですか？」
「強いね。少なくとも、彼女よりも強いエルフ族を、
私は他に知らないかな」

鈴木竜一 ill. LLLthika

無敵の万能要塞で快適スローライフをおくります 4

~フォートレス・ライフ~

口絵・本文イラスト
LLLthika

装丁
coil

contents

プロローグ 005

第一章 要塞村の防寒事情 010

第二章 氷の湖の楽しみ方 046

第三章 要塞村雪像祭り 070

閑話 ストナー家の血を引く者 096

第四章 寒い冬のホットな新スポット 106

第五章 双子エルフの使者 138

閑話 プレストンの目論見(もくろみ) 175

第六章 ふたつの再会 181

第七章 オーレムの森を守れ! 228

エピローグ 279

あとがき 287

プロローグ

ふたりの少女が深い森の中を歩いている。

「ねぇ……ルイス？」

「何、メリッサお姉ちゃん」

「そろそろ休憩にしない？」

「またぁ？　ついさっき休んだばかりじゃない」

「だってぇ……」

メリッサとルイス。

顔のよく似た双子の姉妹である彼女たちは、区別をつけるために姉のメリッサは左側に、妹のルイスは反対の右側にそれぞれ髪をまとめてサイドテールにしている。

髪型以外にも、性格は姉妹で大きな違いがあった。

姉のメリッサはのんびりマイペースなおっとり系だが、妹のルイスは運動神経抜群で考えるよりも先に体が動いてしまう活発な肉体派。

そんなふたりの美しい金髪がかかる耳は、人間のものよりだいぶ長かった。

そう。

ふたりは世界でも数少ないエルフ族であった。

「とりあえず、あっちに大きな木があるから、あそこまで頑張ろう？」

ルイスがため息をつきながら言うと、姉メリッサは「分かったぁ……」と力なく呟(つぶや)いた。

故郷の森を出てから、モンスターと遭遇することはあった。

しかし、徐々にエンカウント率は上がっていき、モンスターの強さも上昇している。幼い頃から剣術を習っていたルイスはなんとか退けることができていたが、そろそろ対策を練る必要があると考え始めている。

だが、裏を返せば、苦戦を強いられるモンスターが増えているという状況は、ふたりが目指す場所に近づいているという証(あかし)でもあった。

「こうも手強(てごわ)いモンスターばかりに出くわすとなると……私たちは屍(しかばね)の森へ近づいてきたと見て間違いなさそうね」

「し、屍の森⁉　た、たた、大変！　じゃ、じゃあ、早く地図を使って脱けだすためのルートを考えないと！」

ハイランクモンスターが多く生息する屍の森は、エルフたちの間でも腕に自信のある者以外は立ち入らないよう注意されている、危険な場所として認知されていた。

が、それを承知した上で、ルイスとメリッサはそこへ向かって歩いていたのだ。

「お姉ちゃん……私たちがどこを目指して何をするのか、忘れちゃったの？」

「わ、忘れてないけどぉ……」

「あと、地図は三日前にお姉ちゃんが焚火の燃料にしちゃったじゃない」

「！　あ、あれはその……手が滑って……」

バツが悪そうに口ごもるメリッサ。

姉のこうしたドジっぷりは今に始まったことではないので慣れているとはいえ、状況を考えると地図を失ったのは痛手だった。

ルイスは「はあ」ともう一度ため息をついてから空を見上げる。

「……そろそろお昼を過ぎてから三時間くらいかしら」

「あ、ティータイムにする？」

「違うわよ！」

相変わらずのマイペースぶりだな、と妙に感心しつつ、妹のルイスは冷静に状況を分析し、今後の行動を決める。

「とりあえず、辺りが暗くなる前に安全な寝床を確保しましょうって言いたかったの。適当な場所で寝転がっていて、気づいたらモンスターのお腹の中なんて展開だけは……お姉ちゃんだって嫌でしょ？」

「で、でも、早く抜けだした方が……」

「むやみやたらに歩き回って体力を消耗する方が怖いわ。いざって時に戦えないと、お姉ちゃんを守れないし」

「うっ……た、確かに」

メリッサは回復魔法こそ使えるものの、戦闘に関してはからっきしだった。そのため、モンスターはすべてルイスがひとりで相手をしている。

ふたりがここまで無茶をして屍の森を目指すのには、相応のわけがあった。

「ね、ねぇ、ルイスちゃん」

「何？」

「そんな危険な森へ……本当にあの人はたったひとりで入っていったのかしら」

「………」

メリッサからの質問を受けて、ルイスは俯く。

その視線の先には、愛用の剣があった。

それを見るたびに、ルイスは思い出す。

故郷の森で、一緒に修行した姉弟子のことを。

「……断言はできないけど、あの人が森を出る時に門番をしていたジェイルさんは、『とりあえず屍の森で腕試しをしてくる』って話を聞いていたみたいだし、そこしか手掛かりがない以上、まずは行ってみないと」

確固たる証拠というわけではない。

だが、今はそれにすがるしかなかった。

「あの人は私よりもずっと強いから……大丈夫。きっと今も、修行ってことでハイランクモンスターを狩りながら元気にしているよ」

「ルイス……そうよね。うん。きっとそうよ」

姉のメリッサにとっても、その人物は特別だった。

いつも元気で、同世代である自分たちの中心にいた少女。

メリッサとルイスの姉妹は、かつてちょっとした失敗から故郷の森を追われたその少女を捜して旅をしていたのだ。

「早くクラーラさんを見つけだして……オーレムの森へ帰ってくるように伝えないと」

「そうね。頑張りましょう、ルイス」

「うん！」

ふたりは気持ちを新たに、森の中を進んでいく。

幼馴染(おさななじみ)で、小さな頃からよく一緒に遊んだ同じエルフ族の少女——クラーラを捜し求めて。

第一章　要塞村の防寒事情

「ワオーン」

いつものように、要塞村の朝は銀狼族の遠吠えから始まる。

早朝から今日一日の仕事へ向けて支度をする村民たちだが、屍の森に吹く冷たい朝風に本格的な冬の到来を感じていた。

そんな要塞村から少し離れた位置には小さな湖がある。

その畔で、村長のトアと村民でエルフ族のクラーラは向かい合って立っていた。

両者の手には木製の剣が握られている。

これからふたりで早朝稽古をしようというのだ。

「「お願いします！」」

挨拶をして一礼をすると、一気に緊張感が高まる。

「はあっ！」

先に仕掛けたのはクラーラ。

彼女の持つ《大剣豪》のジョブの能力により、ただでさえ人間よりも高い身体能力はさらに研ぎ澄まされ、強力な一撃をトアに放つ。

だが、要塞村の中心部にたたずむ神樹ヴェキラの加護を受けるトアは、金色の魔力をまとうことでこちらも著しく身体能力が向上し、真っ向から渡り合っていた。

「やるわね、トア！」

「そっちもね、クラーラ！」

額に汗がにじむ中、ふたりはそれからおよそ三十分間、みっちりと稽古を積んだ。

それが終わると、ふたりは肩を並べ、湖近くにある岩に腰を下ろす。

「はあ～……いい汗かいたぁ！」

疲れきったクラーラは両手足を広げた格好でその場に寝転がる。

その時、不意にトアがこんな質問を投げかけた。

「クラーラって、誰かに剣術を習っていたの？」

「えっ？」

「ああ、いや、ちょっと気になってて。エルフの剣士って今となってはかなり珍しいってローザさんが言っていたのを思い出して……」

「言われてみれば、そうかも。私が剣術に興味を持った時には、周りにやっている人なんてほとんどいなかったし。幼馴染のルイスくらいかしらね」

ザンジール帝国が世界各地で戦争を繰り広げていたおよそ百年前。その際に、エルフ族は連合軍と組んで帝国と戦っている。

その際、エルフにも優秀な戦士が大勢いたが、今ではそのほとんどが引退し、それぞれの故郷でのんびり余生を過ごしているらしい。

「そう思うと不思議よね。人間のトアとこうして一緒に剣術で汗を流しているなんて。たぶん、オーレムの森の長老が知ったら倒れちゃうかも」

大戦が終戦してから、エルフと人間による交流は激減。

一部地域では不可侵条約が結ばれるまでに関係は悪化していた。

原因は諸説ある。

その中でも有力とされているのは、帝国がエルフ族を奴隷として扱っていたという事実が未だに遺恨として残っているという説だ。

一部を他国の人間が購入することによって大きな収入源となっていたことも発覚している。

だが、それも決定的な理由かどうかは定かではなく、あくまでも「可能性が高い」止まりであった。

とはいえ、要塞村で暮らすクラーラはそんなことを一切気にしていない。

人間であるトアへは淡い想いを抱き、同じく人間であるエステルとは親友という良好な関係を築いていた。

「剣術を始めたきっかけは、ご近所さんの影響かな」

「ご近所さん？」

「そこの旦那さんが元兵士で、剣術を自分の娘に教えていたの。で、私はその娘さんを実の姉のように思っていて、よく稽古をつけてもらっていたわ。私が《大剣豪》のジョブを狙っていたのも、そのお姉さんの影響が強いわね。その人はいろんな事情があって森を出ていってしまったけど、今でも私にとっては憧れの存在なの」

「へぇ……」

幼馴染のお姉さんとの思い出を語るクラーラはとても嬉しそうだったが、その反面、今はもう会えなくなっているという現実も同時に思い出し、少し陰のある表情を覗かせる。

「それにしても、喉乾いたぁ……」

重くなった空気を振り払うように、大声でそんなことを言うクラーラ。

「ははは、朝食前の軽い運動のつもりだったけど、やっているうちに割とガッツリした稽古になっちゃったからね」

「こんなことなら水筒を持ってくるんだったわ……」

「俺のでよければあるけど？」

そう言って水筒を差しだすトア。

「あ、でも、飲みかけだし、やっぱり新しいのを――」

「もらうわ」

「えっ？」

即答されたことに驚いて、トアは一瞬動きが停止。それを見て、クラーラも自分がとんでもないことを言ったと理解し、顔を赤らめて言い訳を始めた。

「ち、違うのよ⁉　別に間接キス狙いってわけじゃないの！　あ、いや、その、キスがしたくないんじゃなくて、こういうのは手順を踏んでもっと雰囲気のある時に――ってそうじゃなあああい！」

　恥ずかしさのあまり、手にしていた模造剣の柄を握り潰すクラーラ。

　とりあえず、これ以上突っ込んだ話をすると被害が拡大しそうなので、トアは静観することにした。

　――ちなみに、その後クラーラはトアの水筒をちゃっかり使ったのだった。


　要塞村に戻って来たトアとクラーラはまず風呂で稽古の汗を流した。

　それから朝食をとって、各々の仕事場へと向かう。

　トアは自律型甲冑兵のフォルと合流して要塞の外へと出た。

「そういえば、要塞村に牧場を造るって言っていたけど、進捗状況はどうなんだ？」

「牧場の施設自体は完成に目途が立っているのですが……残念ながら、運営面で人手不足になりそうなので現在は保留としています」

「あぁ……確かにこれ以上は人員を割けないかもね」

　要塞村牧場があれば、卵や牛乳を手に入れやすくなるが、どうもまだ解決すべき問題が残っているらしい。

　牧場の運営について話し終えた直後、トアの口から「ふあぁ～……」という気の抜けた声と共にあくびが漏れる。

「おや、マスター。寝不足ですか？」

「ん？　ああ、ちょっとね。さっき運動したっていうのもあるけど……また少し寒さが増したせいかな？　最近、夜になると冷えてなかなか寝付けなくて」

「それは由々しき事態ですね。僕のサーチ機能によると、ここ数日の間にまたガクッと気温が下がるようですよ？」

「相変わらず戦闘以外の機能が充実しているな……。って、それよりも、また寒くなるというなら対策をしないと。ちょっと前までは薄手の長袖でよかったけど、これからはもっと厚着をしないといけなくなるな」

日課となっている朝の散歩をしつつ、村民たちの様子を見て回った。

早朝稽古を一緒にこなしたクラーラは、銀狼族のマフレナとすでに仲良くふたりで楽しそうに狩りへと出ていった。幼馴染のエステルと、同じく《大魔導士》のジョブを持ち、今やエステルの師匠として魔法の修行に付き合っているローザのふたりも、朝稽古のため村から出ていた。

ドワーフ族のジャネットは、地下迷宮調査団が使う武器や防具を作ったり、新しい施設を作るため、工房にこもっている。

ローザと同じく八極のひとりであるシャウナは、調査団のまとめ役である銀狼族のテレンスと今日の探索範囲について話し合っていた。

それぞれがそれぞれの役目を果たすため、朝から元気いっぱいだった。

「俺もみんなに負けないようにしなくちゃな。――うん？」

仲間たちの頑張りを振り返りつつ歩いていると、前方に何やら人だかりが出現。どうやら集まっているのは王虎族のようだ。

「何かトラブルでしょうか」

「とりあえず、行ってみようか」

王虎族が集まっている場所へ向かうと、全員が深刻な表情を浮かべていた。これはただ事ではないと察したトアは、人だかりの中心に立つ長のゼルエスへと話しかける。

「どうかしたんですか、ゼルエスさん」

「ト、トア村長……」

振り返るゼルエスの顔を見たトアは驚きに目を丸くする。

「ゼ、ゼルエスさん⁉　どうしたんですか⁉　めちゃくちゃ顔色が悪いですよ⁉」

よく見ると、顔色が悪いのはゼルエスだけではなかった。

周りにいるすべての王虎族の顔色が優れない。

その時、トアはハッと思い出す。

朝の見回りをしていた時、王虎族だけをひとりも見かけなかった。モンスター組は精霊族の畑の管理を手伝うため、農場へ向かい、銀狼族は狩りや周辺警備のため、ほとんどがもう村にはいない状況。

しかし、王虎族の男性陣だけがこうしてほぼ全員残っていた。

「何があったんですか……」

「じ、実は……」

長のゼルエスはゆっくりと語り始めた。

最近、めっきり冷え込むようになった要塞村。

そんな気候的変化の影響をもっとも受けたのは王虎族であった。

彼らは寒さが増すと動きが鈍くなるという体質であり、それは狩りの成果にハッキリと表れていた。寒さで動きが鈍り、狩りの結果が出ないことに対して、王虎族で狩りを専門としている若者は罪悪感を覚えていたのだ。

「そんなことが……」

「面目ない……情けない限りだ」

悔しさからか、ゼルエルをはじめ、王虎族の若者たちはひどく落胆している。

その様子を目の当たりにして、放っておけるはずがない。

「……分かりました。この件は俺に預けてくれませんか？」

「えっ？」

「他の人からも意見を募って、何か対策をできないか考えますから。みんなも、思いつめないでください」

「トア村長……ありがとう！」

ゼルエスから熱烈なハグと共に礼の言葉を贈られるトア。

こうして、要塞村防寒対策計画は静かに始まりを迎えたのだった。

まずトアが頼ったのはジャネットたちドワーフ族だった。

フォルを連れて工房を訪れたトアは、寒さに困り果てているゼルエスたち王虎族を救うため、何か防寒アイテムはできないだろうかと早速ジャネットへ相談した。

「うーん……」

ドワーフ族の鋼姫ことジャネットは腕を組んで唸（うな）った。

その仕草は、相談内容の実現が困難であることを物語る。

「お嬢、あまり悩み過ぎるのはよくないですぜ？」

すぐ横で話を聞いていた若手ドワーフのリーダーを務めるゴランが、苦しむジャネットへ救いの手を差し伸べる。

だが、一度決めたことに対して妥協を許さぬ父譲りの職人気質（かたぎ）が、ジャネットを製作へと駆り立てていた。

「……問題点はふたつあると思うんです」

「ふたつ……と、いうと？」

トアが尋ねると、ジャネットはデスクの上にある紙にメモを取りながら話を進めていく。これから作ろうとしている物の設計図のようだ。

「ひとつは彼ら王虎族が家で暖を取る方法……仕事帰りとか、早朝や夜の特に寒い時間帯に暖を取る手段がないか……」

「それなら、暖炉を作ってみては？」

フォルからの提案に対し、ジャネットはゆっくりと首を横へ振った。

「暖炉を設置するには部屋が狭い人もいるんですよ。家族持ちなら今の広さで大丈夫でしょうけど、一人部屋で暮らしているとどうしても部屋のサイズが……」

「なるほど……で、もうひとつの問題点とは？」

「ひとつ目が解決したとして、そこから抜けだせなくなる可能性の考慮です」

「抜けだせなくなる可能性……ですか？」

ゴランはジャネットが懸念しているものの正体が掴み切れず首を捻った。それはトアとフォルも同じようで、似たような反応を見せている。

「例えば……冬の朝、人肌の温もりでホカホカなお布団から出るのは相当な気力が必要になるでしょう？」

「！　た、確かに……ついついもう少し寝ていたいと感じてしまいます」

「私たちでさえそうなってしまうのだから、寒さに弱い王虎族の方々が暖かくて快適な部屋を造りだすアイテムを手に入れてしまうと――」

「それが原因で部屋に引きこもってしまうわけですね」

「っ！　そ、その通りです」

過去の体験から、「引きこもり」という単語に一瞬心を抉られたジャネットだが、すぐに持ち直して話を進める。

「以上のことから、この課題はこれまで我らドワーフ族が請け負ってきた仕事の中で最難関のものであると断言できます。単純に体を温めるというアイテムならばそれほど難しくはないと思います。問題は、屋外などでそれをキープできるかということ」

「屋外か……となると、持ち運びできる物がいいね」

「でしたら、サイズはかなり小型となるでしょうか」

「ふむふむ」

ゴランは工房にある黒板へ、トアやジャネットが出したアイディアを次々と書きだしていく。それを見て、他のドワーフたちも道具を持ちだしたり、話し合いを始めたり、工房はにわかに騒がしくなっていった。

「相変わらず、ここのドワーフ族の方々は働き者ですね、マスター」

「ははは、本当に凄い情熱だよ」

そう語る視線の先では、ジャネットとゴランが真剣な表情で話し合っている。

「これは……我らドワーフ族が全力で挑まなければならないようですな！」

「ええ、そのようですね。……場合によっては、鋼の山に出向き、父ガドゲルの力も借りねばならないでしょう」

ついに八極の名前まで出し始めたジャネット。

そのうち、何かアイディアを思いついたらしく、要塞内をチェックしたいということで、数人のドワーフを引き連れて見回ることになったのだった。


要塞内部を歩き回るジャネットの表情は晴れるどころかますます曇っていった。

ネックはやはり、家族を持たない若い王虎族の部屋の狭さであった。

「室内の壁同士の距離が近すぎますね。これだと、室内で火を使った際に別の物に燃え移る可能性があります」

「エノドアで採掘されるという魔鉱石を利用できないかな？　あれなら魔力を与えるだけで熱を帯びるから、火事の心配はないと思うけど」

「っ！　なるほど……それは安全面を考慮すると上位候補となりますね」

「しかし、すべての部屋の、それも全体を効率的に温めるとなると、かなりの量の魔鉱石が必要となりますが……」

「魔鉱石を確保できるかが鍵ってことか……」

「すぐにでもエノドアへ出向き、交渉を始めましょう！」

ジャネットやトアたちをはじめ、参加したドワーフたちの話し合いは寒さを蹴散らすくらいの熱を帯びていく。

そこへ声をかけた人物が。

「あれ？　こんなところでどうしたんですか？」

狩りから戻って来た銀狼族のマフレナだった。

「マフレナか。今日の狩りはどうだった？」

「わふっ！　もちろん大成功です！」

満面の笑顔でピースサインをしてみせるマフレナ。どうやら、今日はかなり調子がよかったらしい。

「さすがはマフレナさんですね」

「今、クラーラちゃんが夕食用に自慢の大剣で華麗にさばいているところですよ！」

「本来は戦闘用である僕が言うのもなんですが、相変わらずエルフ族とは思えないアグレッシブさですね」

「あははは……」

森の賢者とうたわれ、人間たちからは知性溢れる存在として認識されているエルフ族。だが、クラーラはそんなエルフ族のイメージを根底から覆す超肉体派だった。

「まあ、いいんじゃないかな。俺としては《大剣豪》のクラーラと一緒に剣術の修行ができて嬉しいし」

精一杯のフォローを挟んだ後で、ジャネットが先ほどのマフレナの質問に答えた。

「実は、王虎族のみなさんの寒さ対策を考えていて……」

「そういえばいつも寒そうにしていますね」

「逆にマフレナ様は元気ですね」

フォルの言葉を受けて、「言われてみれば」とトアはマフレナを見つめる。

王虎族の面々は見た感じから「寒い！」という気持ちが伝わってくるほど青ざめた表情をしていたが、マフレナはまったく変化がない。

同じ獣人族である王虎族と銀狼族でここまで違うとは。

「私は寒い冬も好きですよ！　空から降ってくる真っ白な雪とか見ると思わずはしゃいじゃいます！」

「……なんとなくその姿が想像できますね。尻尾とか凄いことになってそうです」

「あはは、確かに」

無邪気なマフレナの反応に、先ほどまで熱く議論を交わしていたジャネットやトアたち、そしてドワーフ族の表情が少し和らいだ。

「でも、なぜ銀狼族だけ寒さに強いのでしょうね。王虎族の方たちと以前住んでいた場所は同じなのでしょう？」

「お父さんから聞いた話なんですけど、私たち銀狼族は大昔、ずっと北にある大地に暮らしていたそうです。その時の名残で、王虎族の方々とは違い、冬になると体毛の量が増えるんですよ。特に足元が」

「『足元……』」

マフレナがそんなことを言うものだから、トアとフォルの視線は自然とマフレナの足元へと向けられる。

「マフレナ様……毛深くなっているのですか？」

「わふっ⁉　け、毛深くなるのは狼の姿をしている時だけですよ！」

「だ、だよね！　うん！　そうだよ！　今のマフレナは全然毛深くなんてないよ！　肌も凄く綺麗(きれい)でびっくりするくらいだ！」

「マスター、そのフォローはお世辞にも上手とは言えませんよ？」

「うえっ⁉」

妙な誤解をしてしまい、しゃべればしゃべるほどボロが出てしまうトア。おかげでマフレナの顔は赤く染まり、寒さを忘れるほど熱を帯びていた。

その一方、マフレナからの言葉を受けたジャネットの脳裏にある閃(ひらめ)きが舞い降りる。

「……イケるかもしれません」

「おや？　ジャネット様は毛深い異性がお好みですか？」

「⁉　ち、違います！　トアさんを毛深いだなんて思ってもいません！」

「僕はマスターとは一言も言っていないのですが」

「⁉」

マフレナ同様にボッという音が聞こえてきそうなほど急激に顔を赤くするジャネット。

「マスター……どうやら僕はいい仕事をしたみたいです」

「……クラーラがいなくてよかったね」

「当然ながら、それは計算済みです。でなければ、さすがにふたり同時に仕掛けようなどと無謀なマネは――」

「誰がいなくてよかったって？」

工房に響き渡るドスの利いた低い声。フォルは体を動かさず、兜（かぶと）だけをクルッと回転させて背後に立つ人物を視界に捉える。

次の瞬間、「ゴン！」という大きな音と共に、フォルの兜は勢いよく吹っ飛び、壁に深く突き刺さった。

「まったく……マフレナがなかなか戻って来ないから心配して来てみたら……懲りないわね、フォル」

強烈な一撃を放ったクラーラはため息交じりに言って、呆（ほう）けているマフレナとジャネットに声をかける。我に返ったジャネットは先ほど思いついた内容を伝えるべく、工房にいるドワーフたちを集めた。

「みなさん……いい案を思いつきました」

「「「お嬢！」」」

ドワーフたちが湧き上がる。

「すっかり彼らのリーダーとして定着しているね、ジャネット」

「年齢的には一番下ですが、技術力と発想力はピカイチですからね」

「さすがは八極のひとり……鉄腕のガドゲルの娘ってわけね」

「わふっ！　凄いです、ジャネットちゃん！」

にわかに工房が活気づいてきたところで、修行を終えたエステルとローザがやってくる。

「なんだか凄く賑やかね」

「また何か新しい物を作ろうとしておるのか？」

「えぇ。実は――」

トアはエステルとローザに、ジャネットやドワーフたちが王虎族のための防寒グッズ作りを始めたことを伝えた。

「防寒、か。確かに、最近朝の冷え込みとか厳しいものね」

「そういえば、シャウナのヤツも寒さが大の苦手じゃったし、喜ぶじゃろうな。それに、ワシもなかなかベッドから起き上がるのが辛くてのぅ」

「「「「…………」」」」

ローザの発言のあと、フォルを除く四人は微妙に困ったような表情を浮かべている。

「な、なんじゃ、お主ら、その顔は」

「ローザ様の年齢でそう言われると、ただの冷え込みからくるものではなく、年齢的な要素がふんだんに盛り込まれているのではないかとマスターたちは危惧しているのです」

「老化か！　老化のことか！」

見た目は幼い少女でも、中身は三百歳以上。

寒さに加えてその年齢が起床を難しくしているのでは、とトアたちは思ったのだ。

そんな老化トークをしている横で、ジャネットはドワーフたちへ指示を飛ばしていく。

「ゴランさん！　早速で申し訳ないですが、エノドアへ行って、先ほど話に出た発熱する魔鉱石をありったけ購入してきてください！」

「りょ、了解！」

「他のみなさんは、今から私の言う道具を用意してきてください」

「「「「おう‼‼」」」」

一斉にドタバタと慌ただしくなるドワーフたち。

そんな彼らの勢いに取り残されたトアたちのもとへジャネットが帰還。すると、マフレナの肩をポンと優しく叩き、お礼の言葉を贈った。

「マフレナさん……新たな防寒グッズの着想は、あなたから得られたんです。あなたのおかげなんですよ」

「わふっ？　私のおかげ……ですか？　で、でも、私は何もしていないような……」

困惑するマフレナ。

しかし、ジャネットは首を横に振って、話を続ける。

「いえ、あなたのその体毛――じゃなくて、もふもふの尻尾が新たな防寒グッズのヒントになったのです」

目を輝かせながら語るジャネット。その関連性が今ひとつ分からず、トアたちは首を傾げているが、ジャネットは嬉々として語り続けた。

「これで多くの王虎族が寒さから救われますよ！」

「わふっ！　よく分かりませんけど、お役に立てたようでよかったです！」

「いえいえ、こちらこそありがとうございます！　と、いうわけでトアさん、いろいろと実験をしたいので、空いている部屋をお借りしたいのですが……あ、可能な限り大きな部屋を使わせていただきたいです」

「もちろんＯＫだよ。ちょうどいい部屋があったら言ってくれ。俺がリペアで直すから」

「ありがとうございます！」

ジャネットの瞳が生き生きと輝きだす。

それを見たトアは、「これはきっといい物ができるに違いない」と確信するのだった。

防寒グッズの製作が始まって一週間が経った。

ジャネットから「防寒グッズが完成しました！」という一報を受けたトアは、早速お披露目会を計画する。

場所はジャネットたちが実験室として使っている部屋。

トアはフォルに頼み、村民たちにその部屋へ集まるよう呼び掛けてもらうことにした。

その一方、トア自身は今回のお披露目会のゲストを迎えに行くため、要塞村の外へと出たのだった。

　要塞ディーフォルの正門付近にはすでに馬車が停まっていた。

「やあ、トア村長」

「久しぶりだな」

「ジェンソンさん！　シュルツさん！」

　馬車に乗って要塞村を訪れたのは、エノドア自警団の団長を務めるジェンソンと、エノドア鉱山で働く鉱夫たちのまとめ役を担う鉱夫長のシュルツだった。

　さらに、そのふたりの護衛役としてエドガーも同行している。

「よぉ、トア」

「エドガー、手伝ってくれてありがとう」

「おうよ。しっかし驚いたぜ。あれだけの魔鉱石を急に欲しがるなんてな。おかげでこっちまで運搬する時は大変だったぜぇ」

「ああ、それは俺も思ったよ。最初聞いた時は発注の数を書き間違えたんじゃないかってレナード町長へ聞きに戻ったくらいだ」

　エノドア鉱山で働くシュルツにとって、ジャネットが欲しがった魔鉱石の量は尋常なものではなかったのだ。

「無理を言ってすみません」

「いやぁ、あれは大量に採掘される物だから、量的には特に問題ないよ。それより、俺としてはあれをどう活用したのか、それが気になっている」

「俺もだ。今日は父上であるファグナス様のもとへ出向く用事があるため来られなかったレナード町長の代理として、その効果をたっぷり見させてもらおうかな」

自警団のジェンソンも興味があるようだ。

「性能次第では、我が自警団でも正式に採用させてもらいたいと思っている。……冬の、特に夜間見回りは寒さとの戦いでもあるからな」

「分かっていますよ」

トアがエノドアからの来客の応対をしていると、ドワーフ族たちが呼びに来た。どうやらお披露目の準備が整ったらしい。

「じゃあ、行きましょうか」

早速、その完成した防寒グッズを披露するため、トアは会場となる実験室へ三人を案内しようと移動を始めた。

そして、要塞内部へ一歩足を踏み入れた時だった。

「む？」

最初に気づいたのはシュルツだった。

「随分と暖かいんだな、要塞内部は」

「ああ、これも防寒グッズのひとつなんですよ」

「何？　し、しかし、そのような物はどこにも見当たらないが……」

シュルツだけでなく、ジェンソンやエドガーもキョロキョロと見渡すが、それらしい物を発見できずにいた。

「ここの防寒グッズは……これです」

トアが指差したのは、以前村民たちで作った廊下を照らす木製のランプだった。

「ランプ？　――うおっ!?」

不思議そうに近づくジェンソンが異変に気づく。

「このランプの周り……ここだけ気温が高くなっている!?」

「例の魔鉱石を加工して埋め込んだんです」

「それがこれだけの数あると……なるほど、暖かいわけだ」

冬場は寒い要塞内部の廊下が、まるでそこだけ春のように暖かい。

早速見せつけられた技術力の高さに感心するエノドアからの使者三人を連れて、トアは実験室のある要塞の二階部分へ進む。

そこにはすでに大勢の村民が集まっていた。

「あ、トア！」

「トア様！」

「こっちよ」

クラーラ、マフレナ、エステルが手招きをしてトアたちを呼ぶ。

三人はとても興奮しているように見えた。

どうやら、もう防寒グッズを試したようだ。

「どうだった？」

「凄いわよ！」

「凄すぎです！」

「本当に凄いの一言だわ」

三人は目を輝かせてそう語る。

それを見たエノドアからの使者三人は期待に胸が膨らんだ。もちろん、まだ完成品を見ていないトアも同様だ。

早速、トアとエノドアからの使者たちは実験用の部屋へ。

そこに設置されていたのは、毛布が挟まった四角いテーブルであった。

「む？　このテーブルが防寒グッズなのか？」

「毛布を挟んだだけとは……少々芸がない気が……」

「確かに……」

外観にこれといった目新しさがないため、使者たちは大いに困惑した。

「ご安心ください。これはただのテーブルではありません」

肩透かしを食らったと落胆するシュルツ、ジェンソン、エドガーのもとに、製作者代表としてジャネットがやって来た。

「効果を口で説明するよりも、実際に使用してもらうのが一番分かりやすいでしょう。さあ、この毛布に足を入れてみてください」

地味な防寒グッズの割に、ジャネットは自信満々だった。

トアと使者たちは顔を見合わせてから、ゆっくりと腰を下ろし、まずはシュルツとジェンソンのふたりが足を突っ込んでみる。

直後、ふたりの表情が一変。

「「ふあああ～……」」

何とも言えない声が発せられ、惚けた顔になっていた。

「な、何だ、これはぁ～……」

「た、たまらんなぁ～……」

へにゃん、と音がしそうなくらい惚けた表情で机に顔を突っ伏すシュルツとジェンソンのおっさんふたり。

「い、一体何があったんだ？」

「安心してください、トアさん。何も危険なことはありませんから。ほら、あのふたりの惚けた顔を見てください。あの先に待っているのは……楽園ですよ？」

ジャネットの言う通り、ジェンソンとシュルツの表情はこれ以上ないくらい蕩けているように見える。

ゴクリ、と唾を飲み、トアはエドガーへと目配せする。それに対して静かに頷(うなず)くエドガー。その直後、ふたりは同時に両足を毛布の中へと突っ込んだ。

「「あったか⁉︎」」

トアとエドガーの声が重なった。

そこはジャネットの言う通り、まさに楽園。

身も凍る寒さを忘れさせてくれる、足元のホットスポットだった。

「い、一体何がどうなってこんなに暖かいんだ……？」

「毛布の中に秘密がありそうだね……」

「ああ……俺もそう思う……」

ふたりの反応を見たジャネットは「待っていました！」とばかりにコホンとわざとらしく咳払(せきばら)いを挟んでから解説を始めた。

「このテーブルの裏側には、エノドアから取り寄せた魔力を与えることで熱を持つ発熱鉱石を埋め込んであるんです」

「こ、ここで活用されているのかぁ～……」

間の抜けた声でシュルツが言う。

「さらにこの耐熱加工した毛布と木材を組み合わせることで、熱を外へ逃がさない造りとなっています。使用しない時は鉱石を取り外して水につけておくだけで大丈夫です」

「な、なるほろぉ……」

冬の厳しい寒さを忘却の彼方(かなた)へ放り投げる柔らかな温(ぬく)もりで、トアの言語能力に異常が発生していた。

辺りを見回すと、同じデザインのテーブルがいくつか設置されており、依頼主である王虎族は誰もが満足げにリラックスしていた。

王虎族以外にも、モンスター組や精霊族にも好評で、さらに王虎族と同じく寒さに弱い黒蛇族のシャウナは、これまで見たことがないくらい緩みきった表情で温もりを感じていた。

「ふふふ、どうやら成功のようですね」

ドヤ顔で頷くジャネット。

だが、ここでフォルからある不安点が示された。

「しかしジャネット様、このアイテムを使用する際に生じる問題点にはどのように対処するのですか？」

「問題点？」

「アレです」

フォルの言う問題とは、すっかり暖かさに心身を奪われてしまい、身動きが取れなくなった王虎族やトアたちの姿であった。

「あの状態に陥った彼らを寒い外へ出すのは、以前危惧されていた通り、至難の業かと」

確かに、今のトアたちがいつも通りの仕事をこなすのは難しいかもしれない。

「そうでしたね……」

ジャネットのメガネがキラリと光る。

「ですが、もちろん対策は講じてありますよ！　――それがこれです！」

自信満々にジャネットが差しだしたのは、縦十センチ、横五センチほどの布製の袋だった。フォルはそれを手に取ってみる。すると、布の中でシャリシャリと音がした。

「砂……ですか？」

「厳密にいえば、このテーブルにも使っている発熱鉱石の粉末です」

「粉末ぅ～？」

「……マスター、そろそろそこから出てもらっていいですか？」

話が進みそうにないので、一旦テーブルから全員抜け出る。

それから改めてジャネットが説明を開始した。

「その粉末を、これまた耐熱効果抜群と評判の巨大芋虫型モンスターが吐きだした糸で作った袋に入れています」

これもまたジャネットの指示によってドワーフ族が森で狩ってきたものだ。

「素晴らしいアイディアですね。これならば程よい熱さをキープしつつ、どこへでも持ち運ぶことができます」

「そうなんですよ。それは携帯用なんです。これならば外での作業もだいぶマシになるんじゃないですか？」

「す、素晴らしい‼」

いつの間にか、ジャネットとフォルの横で話を聞いていた王虎族リーダーのゼルエスが感激の涙を流していた。

「ありがとう、ジャネット！　君のおかげで、もう冬の寒さに悩むことはない！」

「い、いえいえ、みなさんのお役に立ててよかったですよ」

ゼルエスの迫力に押されつつも、ジャネットは笑顔で返す。

その対応に、ゼルエスのテンションはさらに上がった。

「うおぉ……この感謝の気持ちを伝えたい！　――みんな！　ここへ集うのだ！　ジャネットを胴上げするぞ！」

「えっ⁉」

謙遜するジャネットに、王虎族たちは最大の感謝を込めて胴上げを開始。

鳴りやまぬ「ジャネット！」コールの中、当人は恥ずかしさと喜んでもらえた嬉しさで複雑な表情を浮かべていた。

――それからジャネットは村人たちから「冬の女王」という異名を授かったのである。


胴上げが終わると、防寒グッズは王虎族を中心に配付された。

さらに、エノドアから来たジェンソンとシュルツも防寒グッズをとても気に入り、特に持ち運びができる物については今すぐ欲しいと熱望。すぐに材料となる魔鉱石を追加して要塞村へ送ると約束し、ドワーフたちも量産体制を整えるため、すぐさま工房へと戻っていった。

◇◇◇

翌朝。

要塞村の朝の風景はガラッと変わっていた。

「おはようございます、トア村長！」

「ああ、おはよう」

昨日までまったく身動きが取れなかった王虎族の若者たちが、意気揚々と狩りに向かっていったのだ。

彼らの服にはジャネットお手製の発熱する携帯防寒グッズがつけてあり、そのおかげで寒い朝でも平気で行動できるようになっていた。

その様子を、日課の散歩をしながら眺めていたトアとフォル。

王虎族の寒さ対策はバッチリうまくいったようだが、もうひとつの問題はまだ解決に至っていなかった。

「ふああ～」

「また寝不足ですか？」

「うん……ベッドで横にはなるんだけど、なかなか寝付けなくて」

「まさか……誰かが激しすぎて寝かせてくれないという状況だったりしますか？」

「？　えっと、ごめん。よく意味が分からないんだけど？」

「ならばそれで構いません。どうかマスターは今のまま健やかに育ってください」

「あ、う、うん」

　フォルの言動はよく理解できなかったが、熟睡できず、寝不足気味であるというのは紛れもない事実。

「寒さはもう改善されたはずなのに……」

「うーん、ベッドがいけないのかしら？」

　エステルとクラーラも心配しているが、具体的な解決策は浮かばない。

　結局、昨日はお披露目会以降の仕事はまったくはかどらず、村民たちの計らいによって午後からは自室で休息を取ることとなった。

　が、それでもやはり寝付くことができず、結局そのままズルズルと夜を迎え、それでもやっぱり深い眠りにつくことはできなかった。

　心配したローザからは「催眠魔法を使うか？」と提案をされたが、それでは根本的な解決には至らない。こればかりはトアのリペアやクラフトといった能力でも解決は困難だった。

　今のところは特に問題ないが、これが続けばやがて体調面にも悪影響が及んでくる。しかし、明確な改善方法は未だに見つからなかった。

　まさに呪いとも言えるこの症状だが、それを打ち破らんと、ふたりの少女がトアの前に現れる。

「トアさん！」

「トア様！」

ジャネットとマフレナだ。

「ど、どうしたんだ、ふたりとも」

いつもとはちょっと違う雰囲気のふたりに、トアは思わずたじろいだ。

「実は魔鉱石を埋め込んだ例のテーブルを作った際に試作品としてある物を作ったんです。それがもしかしたらトアさんの不眠を解消するアイテムになるかもしれません」

「！　ほ、本当に⁉」

誰もがあきらめかけていたトアの不眠を解消するアイテム。

それは、ジャネットが両手で抱えている物だった。

「枕です！」

「ま、枕？」

それもただの枕ではなく、通常サイズよりもやや大きい。だが、それ以上に気になったのは枕のデザインだ。

「ま、まさか、この枕って……」

「マフレナさんの尻尾のもふもふぶりを完全再現した抱き枕です！」

「⁉」

マフレナの尻尾――それは心を奪うまさに劇薬。

以前、トアはその恐るべきもふもふの魅力の前に骨抜きとされた経験がある、とジャネットはマフレナ本人から聞いており、それをヒントにして共同開発という名目であの枕を完成させたのだ。

確かに、あれならばぐっすり熟睡できそうだ。

「さすがにトアさんの寝ているベッドにマフレナさん自身を仕込むことはできないので、この尻尾型抱き枕で代用してもらおうかな、と」

どうやらそれがコンセプトらしい。

「抱き枕、ねぇ……実際に効果はあるの？」

「では試してみてください」

そう言って、ジャネットはクラーラに枕を渡す。

「確かに素材は――ぐぅ」

クラーラが手触りの感想を述べようとした瞬間、寝落ちした。

「早っ⁉」

「お、恐るべし……もふもふ枕！」

その驚異的な効果に、エステルも目を見開いて驚く。

「ま、まあ、これなら確かに今日はぐっすり眠れそうだ」

温かい安眠グッズを手に入れたトアは、早速その日の夜からマフレナもふもふ抱き枕を使用することにした。

次の日。

「んあ～……よく寝たぁ！」

ぐっすり熟睡できたトアはベッドから飛び起き、部屋を出る。

すると、ちょうど部屋の前でジャネットと出くわした。

「あ、おはようございます、トアさん」

「おはよう、ジャネット」

「その様子だと、あの抱き枕の効果は十分にあったようですね？」

「ああ！　おかげでスッキリと目覚められたよ！」

「それはよかったです」

ジャネットはニコニコと笑いながら、興奮気味に語るトアの話に耳を傾けている。

その時、偶然マフレナがそこを通りかかる。

「マフレナ！」

「わ、わふっ⁉　トア様⁉」

「ちょうどよかった！　君にも枕のことでお礼を言いたかったんだ！」

「私にもですか⁉」

「ああ！　おかげでよく眠れたよ！　ふたりとも、ありがとう！」

真っ直ぐ見つめられながら何度もお礼を言われ、ジャネットとマフレナは顔を真っ赤にしながら俯いてしまった。

——その後、好評を得たマフレナのもふもふ尻尾型抱き枕は各所から「是非自分たちも使用したい！」という要望が出たのだが、マフレナが恥ずかしがったことで、フォルが極秘裏に進めていた量産化計画は打ち切りとなり、名実ともにトア専用の枕となったのであった。

第二章　氷の湖の楽しみ方

ジャネットたちドワーフ族の活躍により、要塞村の防寒事情は大幅に改善され、生活の快適さは大きくアップした。

フォルと一緒に要塞の外の様子を見て回ろうとしたトアは、肌を刺す強烈な冷気に身を縮こませる。

「中はだいぶ暖かくなりましたが、外は一気に冷え込みましたねぇ」

「まったくだよ。一歩外に出ると、とんでもない寒さだな」

ジャネットが新たに作った発熱鉱石の粉末を使用する携帯用暖房アイテムで暖を取っていると、そこへ近づく人影があった。

「やあ、トア村長。ちょっといいかな？」

やってきたのはローザと同じく八極として世界を救った英雄のひとりで、黒蛇族のシャウナだった。

「何かありましたか、シャウナさん」

「持ち運び用の防寒グッズでしたら、先ほどジャネット様が配付していましたが」

「それならすでにもらっている」

寒さが苦手なシャウナは、ジャネットの開発した防寒グッズに深く感謝しており、「さすがはあのガドゲルの娘だ……」と涙を流したほどだった。

「っと、防寒グッズの話じゃないんだ。実は空き部屋の使用許可をもらいたくてね」

「空き部屋ですか？」

シャウナが空き部屋を求めるのは初めてのことだったので、トアは少し驚いた。

「ちょっと新しいことに挑戦してみたくてね」

ニヤリ、と怪しげな笑みを浮かべるシャウナ。

これまでの付き合いから、何かよからぬことを企んでいると察したトア。

しかし、今回はちょっと様相が異なるようだ。

「まあ、冗談はさておき……今回の挑戦というのは私だけの思いつきでなく、ジン殿やゼルエス殿、それにローザも絡んでいることなんだ」

「えっ？　そうなんですか？」

ジン、ゼルエスに加えてローザとも手を組んでいるとなると、これはかなり大掛かりなことを仕掛けるつもりのようだ。

「安心してくれ。これはきっと要塞村にとって大きくプラスとなるだろう。私とローザが八極の名に誓って断言する」

「……具体的に何をやるのかは教えてくれないんですね」

「それはサプライズというものだよ。大丈夫！　私を信じて任せてくれ」

どさくさに紛れてローザも巻き込まれている点は気になるものの、そこまで言うのならトアとしてもどんなことを計画しているのか、知りたくなった。

「分かりました。目ぼしい場所が見つかったら教えてください。ジャネットたちが利用していた実験室のように、リペアで修繕しますから」

「ありがとう。助かるよ。すでにいくつか候補を絞ってあるから、他のメンバーと相談して決めるよ。では、完成を楽しみにしていてくれ」

村長であるトアから部屋の使用許可が下りたことで、シャウナは嬉しそうに要塞へと戻っていった。

「はてさて……シャウナ様は一体何を企んでいるのやら」

「ま、まあ、ローザさんたちとも一緒になってやるみたいだし、あまりめちゃくちゃなことをするとは思えないけど……」

あそこまで真剣にお願いするくらいだし、何より、シャウナが本気で要塞村に不利益な結果をもたらすことになるような事態を引き起こすとは考えにくかった。

「それについては僕も同感です。ここはひとつ、シャウナ様と愉快な仲間たちがどんなものを作るか、楽しみにしていましょう」

「だね。じゃあ、見回りを続けようか」

「それなんですが……ひとつ提案してもよろしいでしょうか」

「提案？　何？」

普段、あまり自分から要求を口にしないフォルの言葉に、トアは興味を引かれた。

「これだけ気温が下がっているのなら、あの場所で面白いことができるかもしれません。一度調査に行きたいと思っています」

「あの場所？　面白いこと？　何それ？」

「まあそう慌てず。とりあえず、諸々（もろもろ）の確認のために、まずは湖へ行ってみましょう」

「湖？　それって……ここからすぐ近くの？」

「そうです」

　要塞村の近くには小さな湖がある。

　そこは、たまにトアとクラーラが剣術の修行を行っている場所でもある。

「一体あそこに何があるって言うんだ？」

「到着すれば分かると思いますよ」

　フォルの言う「面白いこと」を知るため、トアはフォルと共に要塞村の近くにある湖へと向かった。

「おおっ！」
　湖へ着いたトアは驚く。
　なぜなら、あまりの寒さに湖の水は凍りついていたのだ。
　驚いているのはトアだけではない。

「凄いですね。まさかこんなに凍るなんて」

「わふっ！　ビックリです！」

湖へ向かう途中に偶然出会い、そのままついてきたジャネットとマフレナも、トアと同じように初めて見る光景に瞳を輝かせながら興奮気味に話している。

寒い中、テンションの上がる三人を眺めつつ、フォルがこんなことを呟いた。

「これならば釣りが楽しめますよ」

「釣りだって？」

トアは思わず耳を疑った。

このような凍った湖で釣りなどできるはずがない。そもそも、水に手を触れることさえ叶わないほど、厚く氷が張っているのだ。

「お疑いのようですね、マスター」

「疑うも何も……こんな氷の上じゃ釣りなんてできないだろ？」

「おっしゃる通り。そこでこれの出番ですよ」

トアの疑問を、フォルはあっさりと解決する。

フォルは要塞村を出る時から手にしていたある道具をトアの前に差しだす。それは、高い硬度を誇る魔鉱石を薄く、そして螺旋状に加工したものであった。

「これはアイスドリルというアイテムです」

「アイスドリル？　それをどう使うんだ？」

「これを――こうします」

フォルはスタスタとためらいなく凍った湖面の上を歩き、途中で止まったところに持ってきたアイスドリルを突き立てた。

「お、おい、大丈夫なのか？」

「心配ご無用。氷の厚さはすでに測定済みです。みなさんが一斉に乗っても問題ないくらいの厚さでしたよ」

「え？　そうなんですか？」

無邪気なマフレナはフォルのお墨付きが出たことで、氷に向かって走る。

「あっ！」

トアが「滑るから慎重にね」と忠告をしようとしたが、マフレナは声をかける間もないほどあっという間に凍った湖面へダッシュ。結果、勢いよく乗ったため、ツルンと足を滑らせて盛大に尻もちをついてしまった。

「大丈夫か、マフレナ⁉」

「へ、平気ですよ」

照れ臭そうに笑いながらお尻をさするマフレナ。かなり大きな音だったが、氷はひび割れすら起きていない。

「あのマフレナさんのお尻があれだけの勢いでぶつかったというのに、亀裂ひとつできていないなんて……」

「……それはどういう意味ですか？」

マフレナの珍しく拗ねたような態度に、ジャネットは自分の言葉が失言であったと気づいて平謝り。

そんなふたりのやりとりを尻目に、フォルは持ってきたアイスドリルを回転させて氷に穴をあけていく。

「あ、穴なんかあけて大丈夫なのか？　氷が割れたりしないのか？」

「その点も問題ありません。強度についてもサーチ機能を駆使してきちんと計測済みです。抜かりはないですよ」

「いつの間に……」

感心すべきか呆れるべきか。

トアが感情の処理に戸惑っている間、作業の手を緩めずに続けていた結果、直径十五センチほどの穴があいた。

「こんな小さな穴をあけてどうしようっていうんだ？」

「ここに糸を垂らすんですよ。これを使って」

おもむろに、フォルは開閉式になっている自らの胴体部分を開けて、そこから本命のアイテムを取りだそうとした。

「………」

「どうかしましたか、マスター」

「いや、やっぱり、その胸部分を開け閉めする動作は一瞬ドキッとして……」

「申し訳ありません。位置的に、マスターのご期待に添える物があるはずなのですが……ご覧の通り、中は空洞でして」

「いや、そういう意味じゃないからね！　ビックリするって意味だよ！」

「僕では要望にお応えできませんので、代わりにマフレナ様のご立派なふたつのお山をご堪能ください」

「しないよ！」

「わふ？　お山？」

「クラーラさんがいないから生き生きしていますね、フォル」

その頃、要塞村では。

「ハッ！」

「どうしたの、クラーラ？」

「エステル……私……今、なんだか兜（かぶと）のような形状をした物を壁にめり込ませなくちゃいけない衝動にかられて」

「……相当重症ね、クラーラ」

再び、要塞村近くの湖。

フォルのトアいじりが一段落したところで、フォルが小さな釣り竿を空洞になっている内部から取りだす。

「魚を釣る際はこの竿を使用します」

「？　これが竿？　随分と小さいな」

「一般的な物と比べるとそうですが、狙うのはあくまで小物ですからね。これで十分ですよ。餌はこれを使います」

今度は胴体から小さな木箱を取りだす。

中にはマッシュポテトのような物が入っていた。

「わふ？　それはなんですか？」

「小麦粉をベースにさまざまなブレンドを施した僕特製の練り餌です。地域によっては虫を使うこともありますが……」

「む、虫⁉」

露骨に嫌そうな顔をするジャネット。

フォルが練り餌にした理由はそこにあった。

「虫嫌いのジャネット様が嫌がられるだろうと思い、こちらを採用しました」

「いい判断ですね、フォル」

「ありがとうございます。では、この練り餌を糸の先にある針につけて……よし。このまま水の中へと落とします」

フォルが糸を垂らすと、すぐに反応があった。

「おっと」

竿のしなりにうまく合わせて引き上げると、その先端にはピチピチとはねる小さな魚がくっついていた。

「わあ、可愛(かわい)い魚ですね」

「わふっ！　ホントです！　それに鱗(うろこ)の色も綺麗(きれい)です！」

女子ふたりは魚の外見に魅了されている。

だが、トアとしては可愛らしさよりももっと現実的な視点を持っていた。

「しかし、うまいものだな」

「恐縮です。僕がまだ試験体としてディーフォルにいた頃、要塞を守る兵士たちが冬場の厳しい時に食糧を得る手段のひとつとしてこのような釣りをしていて、僕もそこで仕込まれました。帝国ではポピュラーなウィンタースポーツ感覚で楽しまれていたようです」

「なるほど。――で、さっきの動きを見る限り、普通の釣りとはちょっと違う、技術的な動作が必要になるみたいだね」

「さすがはマスター。よく見ていますね」

フォルは器用に竿を指先でクルクルと回しながら答える。

「先ほども言いましたが、これは一般的に使われる竿とサイズが著しく異なりますし、ターゲットにしている魚のサイズも小さい。普通の釣りの感覚で扱っていては、せっかく捕らえた魚を逃がしてしまうことにもなりかねません」

「なるほどね。難易度としてはどう？　難しい？」

「個人差もありますが、コツさえ覚えれば、子どもだってできますよ」

「わふっ！　じゃあ、私たちでもできそうですね！」

マフレナが瞳を輝かせながらフォルへ迫る。

「もちろんですよ、マフレナ様。なんなら、今から試してみますか？」

「わふ～！」

フォルから竿を譲ってもらったマフレナは早速練り餌のつけ方から教わり、初めての氷上釣りに挑戦。耳と尻尾をピクピク動かし、魚が餌に食らいつくのをジッと待っている。

「いつもは追いかける狩りをしているマフレナさんが、待ちの狩りをしている……この光景は何気にレアですね」

「た、確かに」

いつもは自分よりも遥（はる）かに大きな獲物を、得意の格闘術で仕留めてくるマフレナ。そんなマフレナが、小さな竿を片手に小さな魚を狙う姿は、いつものパワフルさとのギャップがかなりあって面白い。

「マフレナ様に気に入っていただけたようで何よりです」

「普段とはだいぶ違うことをやっているから新鮮なんだろうね。ところで、フォル。釣った魚はどうするんだ？」

「もちろん、食べますよ」

「えっ？　こんな小さな魚をどうやって食べるんだ？」

　春から初秋にかけて、要塞村ではオークのメルビンが中心となり、知恵の実を食べたモンスターたちによって川で漁が行われる。そこでゲットした魚が、夕食に振る舞われることも少なくなかった。

　しかし、今フォルが釣りあげたのは村の夕食で出てくる魚に比べてだいぶ小さい。これでは子どもの胃袋すら満たせないだろう。

　トアの疑問は必然――が、もちろんそこも考慮済みだ。

「確かに一匹だけではとても満腹になりません。……しかし、これがもっとたくさんあれば、お腹もいっぱいになりますよね？」

「そんなにたくさん釣れるのか？」

「この魚は群れで行動する習性があるので、一匹釣りあげればその周辺にかたまっている可能性がかなり高いんです」

「わっふぅ！　釣れました！」

「あのように」

　フォルの語った魚の習性は、マフレナによってすぐに証明された。

「そういうことなら、もっと人を集めた方がいいかな。それこそ、氷上釣り大会と銘打って、誰が一番多く釣れるのかを競っても楽しそうだ」

「いいですね。盛り上がりそうです」

「なら、村のみんなが使う竿は私たちドワーフが用意します」

「では、調理に必要な器具は僕が集めましょう」

ジャネットもフォルも、釣り大会の開催に乗り気のようだ。

「よし！　じゃあ準備が出来次第、第一回氷上釣り大会を開こう！」

「分かりました。それでは諸々準備に入ろうと思います」

「釣り竿もいろいろと工夫する余地がありそうですね。……ふふふ、ドワーフ族としての血が騒ぎます！」

こうして、要塞村に新たなイベントが加わったのだった。

◇　◇　◇

数日後。

湖の周りには要塞村の村民たちが集まっていた。

「こんな凍った湖で釣りができるの？」

「そもそも魚がいるかどうか」

初めて氷上での魚釣りに挑むクラーラとエステルは、普通の魚釣りと勝手が違うことに戸惑っていたようだ。それはこのふたりに限った話ではない。

「しかも釣る場所がこんな小さな穴とは」

「穴だけでなく、使用する竿もかなり小さいぞ」

「うぅむ……本当に釣れるのだろうか」

参加した銀狼族と王虎族の若者から疑問の声が出る。

そこで、説明するよりも見せた方が早いと判断したトアは、密(ひそ)かに要塞内にあった木の枝にクラフトを使用して作った自作の竿で村民たちに実践してみせた。

「「「「うおおおおおおおお!!!!」」」」

トアが小さな穴から小さな魚を華麗に釣り上げると、様子を見ていた村民たちから大歓声があがる。

「こんな感じで釣っていってくれ。なお、大会ルールとしてふたり一組のチーム制で、釣った魚の数で勝敗を決することとする」

「釣った魚は僕のところにお持ちください。完璧にさばいて調理しますので」

木材で造った即席の屋台では、お気に入りのエプロンを身につけ、白くて長いコック帽をかぶったフォルが腕を組みながら待ち構えていた。その風貌は王宮お抱えのベテラン料理人といった感じだ。

その横にはこれまた即席で造られた食卓。寒さ対策のため、足元の部分はほんのりとした熱が出る魔鉱石を加工して作られている。

そこにはふたりの女性の姿があった。

「寒い外にいながら暖かさを感じられる……最高の贅沢じゃな」

「いやいやまったく」

「お酒も進むのぅ」

「まったくだ！　おまけに釣りたての肴までついているとは！」

「酒の肴は魚か……魚だけに！」

「「あっはっはっはっ!!」」

すでに出来上がりつつあるローザとシャウナのふたりは釣りの様子を見守る。

「釣り竿と餌はこちらにありますから、順番に取っていってくださいね」

ジャネットの呼びかけに、村民たちはドワーフ族お手製の釣り道具を手に凍った湖へと突撃していった。

「やってやろうじゃない！」

「あんまり大きい声を出すと魚に逃げられるわよ、クラーラ」

厚着をし、完全防寒スタイルで湖へと飛び出すクラーラとエステル。

「わふっ！　行きましょう、ジャネットちゃん！」

「ええ。あちらのチームには負けませんよ」

後ろからはマフレナとジャネットのコンビが続く。

さらに、銀狼族、王虎族、モンスター組にドワーフ族など、多くの村民が続々と氷の上へと足を運んでいった。

フォルがサーチ機能を駆使して氷の耐久値を割りだし、それを超えない人数で釣りへと挑む。また、氷が薄くなっている部分には立ち入り禁止処置をとっておいた。

最初の参加者全員が氷に乗り移ったところで、いよいよトアも出陣する。

「さて、そろそろ俺も――」

「釣れたわ！」

「早っ⁉」

白い息を吐きながら、クラーラが魚の入ったバケツを持って戻ってきた。

「さすがはクラーラ様ですね。食への執念が凄まじいです」

「ふふふ……どうやら、あんたもようやく私の実力が理解できるようになったのね！　これからもっと釣りまくってあげるから、調理の準備を急ぎなさい！」

「そのポジティブな解釈力も尊敬に値します」

いつものやりとりが終わったところで、フォルはクラーラが釣ってきた小魚を受け取る。

「これをどうするの？」

エステルが尋ねると、フォルは即答する。

「油でカラッと揚げようかと」

「唐揚げ……おいしそうね！」

「では、クラーラ様のその期待に応えられるよう、気合を入れて作ります」

クラーラからの期待の眼差しを受けつつ、即席の屋外キッチンで調理を開始したフォル。要塞村の調理場を仕切るだけあって、その手際は「素晴らしい」の一言だ。

そうして完成した小魚の唐揚げ。

そこにフォル特製のソースをかけてから、クラーラとエステルはそれを口にした。

「うっっっっまい！」

「ソースもよく合うわね」

瞳を輝かせながら大絶賛のふたり。

その後、魚を持ってくる村民の数が増えたため、銀狼族と王虎族の奥様方が加勢し、料理を仕上げていく。

その料理も刺身、かき揚げ、炭焼きなど、徐々にレパートリーが増えていき、酒盛りに参加する者も増え始める。

後半は子どもを中心にして若い者たちが釣りに挑戦し、それを調理して大人たち（一部飲んだくれ）が酒の肴にするという流れが定着していた。

釣り大会は夕方まで行われ、優勝したのはジャネット&マフレナのチーム。特に、マフレナが意外な才能を発揮し、魚を釣りまくって優勝に大きく貢献。

こうして、大盛り上がりの中、第一回要塞村氷上釣り大会は閉幕。

「うぅ……来年こそはリベンジよ！　ねっ！　エステル！」

「ふふふ、そうね。来年は優勝しましょう」

早くも来年に向けて闘志を燃やすクラーラとエステル。

氷上釣り大会は、このまま要塞村の新しい冬の風物詩として定着したのだった。

その日の夜。

「ここか……」

要塞内部の居住区から少し離れた位置にある部屋。

他の部屋とは違い、真っ黒なドアに金のプレートがくっついている。そこには「バー・フォートレス」と書かれていた。

「バーって……酒場か？」

この要塞村には酒飲みが多いのは事実なので、需要自体はありそうだ。おまけに、申請したのが酒好きのシャウナとくれば納得もいく。

ノックをすると、中からシャウナの声で「どうぞ」と返ってくる。

「入ります」

ゆっくりとドアを開けて中に入ると、そこには意外な光景が広がっていた。

室内は普通の部屋よりも少し大きく、ドワーフたちが手掛けた内装は全体的にシックなデザインでまとめられていた。照明は薄暗く設定されており、部屋の奥には王虎族と銀狼族の若者たちが静かに楽器を演奏している。

部屋には全部で八つのテーブルが設えられていて、そこにはすでに客と思われる村民が酒を飲み交わしていた。

ただ、いつもとは少し様子が異なる。

「これは……」

その違いに、トアは思わず戸惑った。要塞村で酒を飲むといえば宴会だ。騒がしい音楽に豪勢な料理。食って飲んで夜通し歌い踊り通すのが要塞村流だ。

しかし、ここはまるで違う。

「なんて……なんて静かなんだ……」

無意識にそう口走ってしまうほど、室内は静かだった。誰も騒ぎはせず、大人しく酒を楽しんでいる。いつもは率先して騒ぐジンとゼルエスの長たちも、今は静かにグラスを傾け、自分の子どもの自慢話に花を咲かせている。

そのふたり以外にも、ドワーフ族のゴランや、シャウナと共に地下迷宮の調査に精を出すベテラン銀狼族のテレンスも静かにゆったりと飲んでいた。

「な、なんだかいつもと雰囲気が……」

「驚くのも無理はない。普段の騒がしい楽しさを優先する宴会とは違い、ここは純粋に酒と肴を楽しむ場所……それをコンセプトに、私がプロデュースして作ったのさ」

背後から声がして振り返ると、そこにはカウンターがあって、その向こう側にはシャウナが立っていた。横にはフォルもいる。

「マスターも一杯いかがですか？」

「蝶ネクタイまでして……どちらかというと今は俺よりもフォルの方がマスターって感じがする出で立ちだな」

「そうでしょうか？」

注文を受けて人々に酒を振る舞う今のフォルの姿は、誰がどう見てもバーのマスターと呼ぶに相応しいものだった。

静かで落ち着いた空間。ここはまさに夜の間だけ訪れる大人の要塞村だ。

「おお、トアか。待っておったぞ」

部屋の様子に驚いていたトアに声をかけたのは、カウンター席に座っていたローザであった。昼間の釣り大会の時から酒を飲んでいたせいか、すでに酔っているようだ。

テーブルにはつまみとして昼間の小魚を使った料理や、要塞村農場の野菜を使ったピクルス、さらには金牛の肉のジャーキーが皿に盛られていた。

「ローザさんも来ていたんですか？」

「ここはワシの好きな、リディスたち大地の精霊が収穫した果実で作られた酒があるからのぅ。これがまたうまいんじゃ」

ローザはグラスに入ったその果実酒に再び口をつけた。

すでに三百歳を超えているローザであるが、見た目は幼い少女にしか見えないため、なんだか不思議な感覚だった。もし、フェルネンド王都にある酒場にローザがいたら、間違いなく補導されるだろう。

ともかく、ローザの隣の席へと案内されたトアはとりあえず何か飲み物をくれないかとフォルへ注文する。トアはまだアルコールが飲める年齢に達していないので、ここはジュースをもらうことに。

「では少しお待ちください」

そう言って、フォルは兜を外す。

「？　なんで兜取るの？」

「これが帝国流なんですよ」

よく分からないが、帝国流らしい。

本当なのかと疑いの眼差しを向けるトアを尻目に、フォルは胴体部分へとさまざまな果実を放り込んでいく。

「⁉　な、何してんの、フォル⁉」

「すぐにできますのでお待ちください」

カウンターの端っこに置かれた兜からの言葉を信じ、身を乗りだしていたトアは席へと戻ってジッと作業を見守ることにした。

フルーツが詰まったフォルの胴体は「ギュインギュイン！」と怪しげな音を立てて振動を始める。

およそ一分後。

胴体部分がパカッと開放され、中からオレンジ色の液体で満たされたグラスが出てきた。

「お待たせしました。ミックスジュースです」

「えぇ……」

作り方はアレだが、せっかく作ってくれたのだからと一口飲む。すると、

「うまいっ⁉」

爽やかなフルーツの甘みとほのかな酸味が絶妙にマッチしたフルーツジュースだった。


その後、シャウナがローザとは反対側の隣席へ座り、トアは英雄である八極ふたりに挟まれる形となった。

ふたりから「今日は無礼講だからなんでも聞いていい」という言葉をもらったので、普段はなかなか聞けない質問をぶつけてみた。その内容は八極絡みがほとんどだった。大戦時の様子から、メンバーの意外な一面まで、幅の広い中身となった。

そんな話を続けているうち、ふとシャウナがこんなことを言いだした。

「そういえば、ローザ」

「なんじゃ？」

「大戦が終わってから、テスタロッサには会ったかい？」

「……いや、顔を合わせてはおらぬ。お主は？」

「私も見ていないよ。戦争が終ってから、彼女に会っていないし……その後どうしているのか、ちょっと気になったものでね」

そう語ったシャウナの横顔は、少し寂しげに映った。

「テスタロッサって……死境のテスタロッサですよね？」

「そうだ」

死境のテスタロッサ。

八極のひとりで、クラーラと同じくエルフ族の女性——と、いうくらいしか情報がない、謎多き存在で、トアも一体どのような人物なのか、昔から気になっていたのだ。

「シャウナさん……テスタロッサさんと仲が良かったんですか？」

「むしろその逆——と言ってしまうのはちょっと違うかな。ただ、八極の中でもっとも関係が希薄だったのは確かだ」

「希薄……ですか？」

「誤解がないようにフォローを入れておくと、それはテスタロッサが他者とあまり関わりを持とうとしていなかったことが原因じゃ。ワシもテスタロッサとはまともに会話をした記憶がほとんどないからのぅ」

元々、エルフ族は人間だけでなく、ドワーフ族や獣人族などの他種族との交流自体が少なかった。

大戦時、テスタロッサが八極に名前を連ねていたのも、世界の平和を守るというよりも、帝国の進撃により、同族たちが次々と奴隷という形で捕まってひどい扱いを受けているという現実を見かねてという点が大きいのだろう。

「……やっぱり、強かったんですか？」

「強いね。少なくとも、彼女よりも強いエルフ族を、私は他に知らないかな」

八極の中でも、戦闘力は上位に来るというシャウナがここまで褒めるということは、想像以上の実力を有しているのだろうとトアは分析した。

「そんな凄い人が……今もこの世界のどこかにいるんですね……」

「どうじゃろうなぁ……とっくにくたばっておるかもしれんが」

「まあ、戦争をしている時も我関せずという感じで興味がなさそうだったし、今はのんびり暮らしているのかもしれない」

「は、はあ……」

言われてみれば、そのような強さを持った者が少しでも野心を持っているのなら、百年近く鳴りを潜めているなんてありえないだろう。

「さて、湿っぽい話はここまでじゃ。ここから少しテーマを明るくしようかのぅ」

「ならば、私がとっておきのローザ恋愛失敗譚を披露して――」

「消し炭にしてやろうか？」

こうして、大人たちのいつもとはちょっと雰囲気の違った夜は、静かに、そして楽しく更けていくのだった。

第三章　要塞村雪像祭り

その日の朝はいつもと様子が違っていた。

「うわっ⁉」

その変貌ぶりに、起床してすぐに窓から外の様子を見たトアは思わず叫ぶ。

要塞村周辺は雪が積もり、一面が銀世界となっていた。

「湖で釣りをしている時もチラチラ降ってはいたけど、あれからこんなに積もったのか。フェルネンドではここまで雪が積もったことなかったなぁ」

この思わぬサプライズは、村民たちにとっても喜ばしいものとなった。

特に、雪を初めて見る銀狼族や王虎族の子どもたちは大はしゃぎだ。よく見ると、子どもだけでなく大人も元気に騒いでいる。

トアも着替え、防寒具を身にまとうとすぐに外へと駆けだす。

寒さは一段と厳しさを増しているが、それを忘れさせるくらい美しい銀世界が目の前に広がっていた。

「これは凄いなぁ。――うん？」

雪の要塞村に見惚(みほ)れていたトアの視線は、とあるふたり組に注がれた。

「？　シャウナさんにフォル？」

　別段珍しくはない組み合わせだが、何やら真剣な顔つきで話し合っている。その内容が気になったトアはふたりに向かい歩きだした。

「うへぇ……寒いなぁ」

　フェルネンド王国にいた頃は、冬にここまで気温が下がることなどなかった。なので、トアの持つ防寒具はあまり役に立たなかった。

「ジャネットの作ってくれた防寒グッズがあるとはいえ、さすがにこれはなぁ……近いうちにエノドアへ行って買い換えないと」

　未だに雪が降り続いている中、トアははしゃぐ子どもたちに朝の挨拶をしながらフォルとシャウナのもとを目指す。

「おや、トア村長じゃないか」

「おはようございます、マスター」

「おはよう。ふたりとも、こんなところで一体何を？」

「いやなに、こんなに雪があるのだから、雪像でも作ろうかと思ってね」

「雪像？」

「雪で作った像のことです。帝国では真冬にたくさん雪が降った年には職人たちがこぞって自らの腕を競っていました」

「へぇ」

帝国絡みのことといえば、自身の性格が激変したあの薬のように、あまりいい思い出のないトアだったが、これなら純粋に楽しめそうだと思った。

「収穫祭の時に作った木彫りのランプの雪バージョンと思ってくれればいい。そうだ。せっかくだからみんなで作ってみようか」

「私もやってみたいです！」

シャウナからの提案にすぐさま賛成の意を示したのは、近くで遊んでいた王虎族の少女・ミューだった。それを引き金に、集まってきた子どもたちから次々と「やってみたい」の声が相次ぎ、やがてそれは大合唱のように響き渡る。

ここまで言われては、断るわけにもいかない。

「それじゃあ、俺は他のみなさんにも声をかけてきますね」

「この前の釣りイベントの熱が冷め切ってないから、きっと大勢参加すると思うぞ」

トアもシャウナと同じように推察していた。

イベントごとで騒ぐのが大好きな要塞村の村民ならば、喜んで参加するだろう。


数十分後。

トアとシャウナの予想通り、多くの村民たちが新イベントの雪像作りに参加するため、集まって来た。

シャウナやドワーフ族など、雪像作りに自信のある者たちはハイクオリティを目指して本気の製作体制で挑んでいるが、それ以外の一般参加枠である他の村民たちは、雪像作りという初めての試みを楽しみながら作っていた。

製作の時間は明日の昼まで。

午後からは作った雪像の品評会を予定していた。

「ほう、なかなか面白そうな試みじゃな」

いろいろと着込んでもこもこになっているローザは観客として見守るようだ。

「これでどう？」

「いいじゃない」

「わふっ！　可愛(かわい)いです！」

他のドワーフたちと共にクオリティ追求派に回ったジャネットを除く、クラーラとエステルとマフレナは、自分たちのオリジナル雪像作りに取り組んでいた。

それは雪で大きな球体を作り、その上に小さな球体を載せ、木や石を使って目や口や手を作る「スノーマン」と呼ばれるものだ。

「なんだかちょっと間の抜けた顔になっちゃったかなぁ？」

「そんなことないんじゃない？」

完成度に不満がありそうなクラーラだが、エステルやマフレナは満足そうだった。

第二弾の製作に取りかかった女子組を見届けたトアは、他の村民たちの作品を見て回ることにした。

　まず、ジャネット率いるドワーフチーム。

「では、それぞれ作業に移ってください」

「「「「おおう！」」」」

　指示を飛ばすリーダーのジャネット。

　設計図まで用意し、製作へ取りかかるのは縮小版ディーフォルらしく、かなり手の込んだ構造となっているようだった。この辺りは、物作りに強いこだわりを持つドワーフ族らしいと言える。

　そして、こうした創作系のイベントにおいていつも問題作を提供してくる人物が、少し離れた位置で製作に取りかかっていた。

「シャウナさん、調子はどうですか？」

「トア村長か。見てくれ、我ながらなかなかの出来だと思うのだが」

「おおっ！」

　その作品を目にしたトアは思わず感嘆の声をあげる。

　収穫祭の時と同じように、作っていたのは少女の像。

　しかも、髪型や耳の形状から、恐らくモデルはクラーラだと思われる。

「す、凄いですね！」

「なぁに、これはほんの序章にすぎない……」

　静かな口調で語ったシャウナの視線はトアを捉えていない。

シャウナが見ていたのは、ミニチュア版要塞村を作ろうとしているジャネット他ドワーフ族たちであった。

その視線に気づいたジャネットが、力強い眼差しをシャウナに送る。

両者の間に、熱い火花が散っていた。

「くくく、ドワーフたちに負けていられないな」

「え？　で、でも、ドワーフ族は物作りが得意な種族ですし……」

「だからこそ、ファイトが湧くじゃないか」

心から楽しそうに、シャウナは言う。

「勝ちが見えている戦いほどつまらないものはないからね。百年前の帝国との戦争なんかまさにそうだった」

一国の騎士団を全滅させるほどの戦闘力を持った者が八人集って誕生した八極。

そのうちのひとりとして帝国と戦ったシャウナだが、彼女からすれば、世界を震撼させた帝国の軍隊でさえ物足りなさを感じていたらしい。

それが、今――雪像作りという形で最強の相手であるドワーフ族と対決している。

「この私の雪像とドワーフたちの雪像……どちらが勝るか勝負といこう」

八極ＶＳドワーフ族。

ハイクオリティに定評のある両者による雪像対決の幕は上がった。

ひと通り村民たちの製作風景を眺め終えたトアは、完璧な防寒対策を講じて優雅に紅茶を飲んでいるローザのもとへと戻ってくる。その横では専属執事のごとくお茶菓子の用意をしているフォルの姿もあった。

「盛り上がっておるようじゃのぅ」

「ええ。みんなこういうイベント事が好きですからね」

「ノリがいいというかなんというか……まあ、悪いことではない——いや、むしろ、望ましい光景と言うべきじゃろうな」

「この調子ですと、力作揃いになりそうですね」

「うむ。しかし、こうなってくると、要塞村だけの規模で収めておくのはちともったいない気もするな」

「そうですね。——ああっ！」

突然、トアが叫ぶ。

「ど、どうしたんじゃ、トア」

「い、いえ……実は、先日ファグナス様のところに定期報告へ行ったんですが……その時、氷上釣り大会の話をしたんです」

「……皆まで言わんでもいい。どうせあのチェイスのことじゃ。次に何かイベントをやる時は自分も呼べと言ったのじゃろう？」

「ファグナス様は収穫祭にもいらしていましたし、本当にお好きなのですね」

「そ、そうです」

突発的に決まったイベントだけあって、事前報告も何もできなかったが、さすがにこのまま知らせずに開幕するのはまずい。

「とりあえず、今からでもお知らせに行ってこようと思います」

「それがいいじゃろうな。……まあ、別に呼ばんでも意地の悪い手を使うような男ではないと思うがのぅ」

貴族とは思えないくらい豪快で、細かいことを気にしないタイプのチェイスならばきっとそうだろうというのはトアも理解している。

それでも、このままにしておくのは気が引けた。

「でも、俺たちがここにいられるのは、ファグナス様のおかげですし……」

「分かっておる。今からすぐに出れば夕食までには戻って来られるじゃろう」

「はい！　行ってきます！」

「僕もお供しますよ、マスター」

「村のことはワシに任せておけ」

「はい。お願いします、ローザさん。行こう、フォル」

トアとフォルは新たなイベント開催を領主チェイス・ファグナスへ知らせるため、村を出ていった。

◇　◇　◇

要塞村雪像祭り二日目。

村は朝から大きな盛り上がりを見せていた。

雪像作りに挑戦している村民は、午後からの品評会に向けてラストスパートに入っている。

そこへ、ファグナスやレナード、さらには護衛役としてついてきた自警団の面々が新たに加わった。

「相変わらずここは活気があるな、トア村長」

「招待ありがとう、トア村長。今日は楽しませてもらうよ」

「ファグナス様！　それにレナード町長も！」

「ようこそ、要塞村へ」

ふたりを出迎えたトアとエステルは、早速雪像祭りについて説明を行う。

すると、自警団メンバーのうち二名が不敵な笑みを浮かべ始める。

「雪像作りか……面白そうだ」

「ふふふ、血が騒ぐな」

クレイブとヘルミーナであった。

「おいおい……盛り上がるのは結構だけどよぉ、トラブルだけは起こさないでもらいたいぜ」

「そうなったら自警団としての面目丸潰れよねぇ」

不安そうに呟くのは同行しているエドガーとネリス。

ふたりの心配をよそに、クレイブとヘルミーナの創作意欲は尽きることなく、とうとうトアへ申し出て急遽参加することになった。

「さて、では始めるとするか」

「まさか本当に参加するとは……」

「その行動力が時々羨ましく思えるわ……」

呆れ気味のエドガーとネリスに対し、クレイブは得意げに語り始める。

「ふたりとも、雪像作りに欠かせないものはなんだと思う？」

「なんだよ、いきなり。……そりゃやっぱり、技術力じゃねぇのか？」

「でも、何度も雪かきしなくちゃいけないから、体力も必要よ？」

「……ふっ」

「何も分かっていない」と言わんばかりに鼻で笑うクレイブ。さすがにその反応にはカチンときたふたりが詰め寄る。

「そこまで言うなら教えてもらおうじゃないか、クレイブ」

「是非ご教授願いたいわね」

「そこまで言われては仕方がない！」

半分嫌味っぽく言ったのだが、クレイブに効果はなかった。

「雪像作りで大事なのは――愛だ」

「「は？」」

エドガーとネリスの声がピッタリ重なった。

「作りあげる対象に愛がなければ……どんな技術を駆使した大作も駄作に成り果てるのだ」

「クレイブ……それはさすがに――」

「ほう、その若さでたどり着いたか、クレイブよ」

「「ヘルミーナさん⁉」」

まさかの肯定に驚くふたりを尻目に、クレイブとヘルミーナは固い握手を交わす。

「お互い、全力を出し合っていい雪像を作ろうじゃないか」

「はい！」

こうして、新たにふたりの参加者を加えた雪像祭りは、さらなる盛り上がりを見せていくのであった。


制限時間終了。

いよいよ完成した雪像を、審査員に選ばれたファグナス親子とトアの三人が順番に見ていく。

まずは飛び入りで参加したクレイブとヘルミーナの作品。

「おっ？　これはレナードか」

「本当ですね。いやぁ、雪像のモデルなんて照れるなぁ」

「表情がいいですよね。普段の一生懸命働いているレナード町長の顔そのものですよ」

「うむ。これは狙ってできる表情ではない。……ヘルミーナ殿はうちの息子のことをよく見てくれているようだな」

「ある意味狙われていますけどね」と、エドガー&ネリスは思ったが、熱心に審査している三人の邪魔をしてはいけないと、ここは沈黙を選択。

「いやいや、実に素晴らしいよ、ヘルミーナ殿」

「お義父さ――いえ、ファグナス様にそう言っていただけて光栄の極みです」

危うく本音が漏れかけたヘルミーナだが、ギリギリのところでなんとか踏みとどまる。

「本当にお上手ですよ、ヘルミーナさん。毎年作ってもらいたいくらいです」

「!?」

レナード町長の言葉を受けて、ヘルミーナはエドガーとネリスにこっそり尋ねる。

「エドガー、ネリス……今の町長の言葉はプロポーズと受け取っていいと思うか?」

「「絶対にダメです」」

即座に否定しておくふたり。

ヘルミーナは「そんなすぐに否定しなくても……」と拗ねていたが、下手に希望を持たせて暴走されたらたまらないからこその判断だった。

続いてはクレイブの番だ。

「おぉ！　こっちはトア村長か！」

「ヘルミーナさんの雪像にも負けない完成度だ！」

「さすがだね、クレイブ」

「ふふふっ」

三人から絶賛されたクレイブは思わずドヤ顔になる。

「ヘルミーナ殿と同じく、この作品からはクレイブのトア村長に対する想(おも)いが溢(あふ)れているな」

そこへ、チェイスが火に油を注ぐような発言。

「さすがです、ファグナス様。まさにおっしゃる通り、この作品には俺のトアへ対する熱き想いのすべてが込められています」

「はっはっはっ！　君たちふたりの友情が生み出した作品だな」

豪快に笑い飛ばすチェイスを、エドガーとネリスは微妙な表情で眺めていた。

「友情で済めばいいけどな……」

「ま、まあ、トアについてはエステルたちがしっかりガードしてくれるでしょ」

とりあえず、トアはクレイブの作品を気に入っているようだし、これ以上は何も言うまいと心に誓ったふたりだった。

次にドワーフチームの作品を品評するため移動する。

そこはすでに人だかりができていた。

「あ、トアさん」

近づいていくとジャネットに声をかけられた。

「凄い人だな」

「ふふふ、自信作ですからね！」

その言葉が示す通り、ドワーフ族のリーダーを務めていたジャネットの表情は自信に満ち溢れていた。どうやら余程完成度の高い作品ができあがったらしい。

「ほほう、あの鉄腕のガドゲル殿の血を引くジャネット嬢がこれだけ自信を持っている作品……実に楽しみだな」

「本当ですね！」

チェイスとレナードも、ジャネットの自信を見て楽しみが増したようだ。

「こちらへどうぞ」

ジャネットに案内された場所にあったのは、設計図まで用意して製作したミニチュア版の要塞村であった。その完成度は非常に高く、よく見ないと気づかない細部まで、ドワーフたちのこだわりを感じることができる。

「これは凄いな！」

「本当に……言葉が出なくなります！」

チェイスとレナードは賞賛の言葉を贈る。

「さすがね、ジャネット。要塞村をそのまま小さくしたみたいに精巧だわ」

「本当に……ただただ感心するわ」

エステルとネリスもそのクオリティの高さを絶賛した。

「あ、ありがとうございます」

褒められて照れるジャネット。

トアもそのクオリティに目を奪われる。言葉を発することも忘れて、いろんな角度からドワーフ謹製のミニチュア要塞村を眺めていた。

ミニチュア要塞村を堪能し終えると、ジャネットたちドワーフチームに対抗心を燃やしていたシャウナの存在を思い出す。

そのシャウナだが、先ほどから姿が見えなかった。

「む？　どうかしたのか、トア村長」

トアの様子が気になったチェイスが声をかけた。

「いえ、シャウナさんがこの近くで雪像を作っていたはずなんですが……」

「シャウナさんならあそこにいるわよ」

「えっ？」

エステルの指差す方向へ目を向けると、そこには確かにシャウナの姿があった。

そのシャウナの前にはジンが腕を組んで立っている。

「さすがだな、シャウナ殿」

「ジン殿も、よもやそのような腕前を隠していようとは」

何やら緊張感ある空気を流しているジンとシャウナ。

「あれ？　シャウナさんってドワーフ族に対抗心持ってなかったっけ？」

トアがジャネットに尋ねると、少し困ったように笑いながら答える。

「最初はそうだったんですけど……途中から標的がジンさんに変わったみたいです」

「そ、そうなんだ」

もちろん、ドワーフ族との勝負を忘れたわけではないのだろうが、ふたりのバックにある互いの力作を見ると、方向性という意味でふたりはもっとも近い存在であると言えた。

「む？　どうやらジン殿の作品は娘のマフレナ嬢のようだな」

「す、凄く似ていますね」

ジンの力作であるマフレナ像を評価するファグナス親子。

「ふふふ、領主殿とそのご子息に褒めていただけるとは……光栄ですな」

マフレナ雪像の前でドヤ顔を披露するジン。

だが、シャウナも負けてはいない。

その顔に貼りついた自信には微塵も揺らぎがなかった。

「敵ながら見事だと言っておこう。――だが、それでも勝つのは私だ」

そのシャウナの背後にあるのは同じく少女の像。

注目のモデルはクラーラだった。

「「「………」」」

クラーラ――なのだが、トア、チェイス、レナードの三人はコメントに困っていた。

髪型や服装から、モデルは間違いなくクラーラだ。

しかし、体の一部分が明らかに本人のものより誇張表現されている。

それを目の当たりにした三人はどうツッコミを入れたものかと思案中。対戦相手が要塞村でも屈指のわがままボディを誇るマフレナということで対抗したのか、あるいはもっと別の目論見（もくろみ）があるのか。

三人が引きつった笑みを浮かべているのを尻目に、シャウナとジンはさらに盛り上がりを見せていた。

「ジン殿……こうなればどちらの雪像がより素晴らしいか……村のみんなの判断を仰ごうじゃないか」

「望むところだ！」

シャウナＶＳジン。

雪像対決の行方は村民投票で決めようと話し合うふたりだが、そこに雪像のモデルとなっているマフレナとクラーラがやってきた。

「わふっ！　凄いです！　私にそっくりな雪像です！」

「こっちは私の雪像なのね」

ふたりはそれぞれ自分たちがモデルになっている雪像を眺める。

「「……………」」

トアとエステルにはオチが見えていた。そのうち、「一部サイズが明らかに本人と違っているじゃない！」と言って雪像を大剣で真っ二つにするオチが。

「お父さんが作ったの？」

「ああ、そうだよ」

「凄いです！　ありがとう、お父さん！」

「あっはっは！　マフレナのためだったら、このくらい軽いものさ！」

マフレナとジンの親子は和やかムードだが、一方のクラーラは眺めたまま動かない。

だが、その手はゆっくりと大剣へと伸びていった。

「「あっ」」

トアとエステルの声が重なった瞬間、クラーラ雪像は本人の大剣によって粉々になって吹き飛んだのだった。

その光景を目の当たりにした製作者のシャウナは、むしろ「やりきった」みたいな達成感ある表情で静かにクラーラの暴れっぷりを見守っていた。

「美しい……ここまでやってこの作品は完成するのだ！」

「相変わらず、お主の感性は理解できんな……」

今日も昨日と変わらず、フォルを執事のように従えているローザは、満足げに頷いているシャウナを見て、呆れ気味（あきれぎみ）に呟くのだった。

全村民の作品を見終わった後、ファグナス親子は冷えた体を温めるため、ローザのお茶会へ参加していた。

トアもそこへ加わろうとしたが、その時、目の前が真っ白になった。直後、

「ぶっ⁉」

トアの顔面に何かが直撃。

「つ、冷たっ⁉」

痛みこそないが、水っぽくて何より冷たい。目を開けると、ニヤニヤと笑うエステルの姿があった。その手には雪を丸めて作った雪玉があった。

「ふふふ、油断したわね、トア」

ドヤ顔を浮かべるエステルとネリス。どうやらあの雪玉が直撃したようだ。

「だ、大丈夫ですか、トア様」

ふたりの間に立つマフレナは味方のようだ。

「さっき説明したでしょ、マフレナ」

「これは雪玉を当てなくちゃ勝てないルールなのよ？」

「はっ！　そうでした！」

エステルとネリスに言われてルールを思い出した瞬間、マフレナも敵側に回る。

さらに、それだけでは終わらない。

「クラーラ！」

エステルの次の標的は雪像を眺めていたクラーラに絞られた。

とはいえ、雪玉のスピードはクラーラならば難なく回避できるスピードだ。

しかし、結果は意外なものだった。

「ぶふっ⁉」

クラーラは雪玉の存在に気づきながらも、回避行動が遅れて顔面直撃。

「な、何っ⁉　何なの⁉」

突然の攻撃に慌てふためくクラーラ。

そこへトアが駆けつけ、雪合戦のルールを説明する。

「へぇ、そんな遊びがあるのね」

「ああ。……それにしても」

トアにはさっきのクラーラの反応がどうにも気になっていた。

「何？　どうかした？」

「いや、さっき、何を考えていたのかなって」

動きが鈍かったのもそうだが、トアは振り返った際に一瞬だけ見せた暗い表情も引っかかっていたのだ。

「悩みでもあるのか？」

「……うん」

「!?」

　これまでそんな素振りを微塵も見せていなかったが、クラーラには悩みがあるという。その内容が気になったトアは、思わずクラーラの両肩をがっしりと掴んで迫る。

「い、一体何を悩んで――」

「今日の晩御飯は何かなぁってね」

「えっ？」

　一気に肩の力が抜けるトア。

　その直後、後頭部に再び緩やかな衝撃。

　振り返ると、そこには雪玉を持った、エステルとマフレナ。そしていつの間にか加わっていたジャネットにネリスの四人がちょっと意地悪い感じの笑みを浮かべて立っていた。

「……クラーラ」

「ええ。分かっているわ」

　トアとクラーラは足元にあった雪をかき集めると、それを手で球体に固める。それから、エステルたちへ向けて放り投げた。

「くらえ！」

「「きゃ〜♪」」

トアからの猛攻に、エステル、マフレナ、ジャネットは楽しそうな悲鳴をあげながら退散。その隙をついてネリスが接近するが、トアはこれを直前で回避。

「さっきのお返しだ！」

「わぶっ⁉」

ネリスは先ほどのトアのように雪玉が顔面を直撃。

この攻防を見ていた子どもたちが「楽しそう！」ということで急遽(きゅうきょ)参戦。

こうして、第一回要塞村雪合戦の幕が開いた。

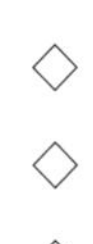

白熱した雪合戦はそれから二時間にわたり行われた。

さすがに体力の限界を迎えたトアとエステル、それにクレイブ、エドガー、ネリスの五人は一旦離脱することに。

「クラーラとマフレナとジャネットはまだ子どもたちと雪を投げ合っているのか……」

「さすがにタフね……」

「あれにはさすがに付き合いきれないわ」

これが種族としての差か。

最近はトレーニングの成果が出てきて体力が上がっていると実感しているトアだが、さすがに伝説のエルフ族と銀狼族、ドワーフ族にはまだまだ届かないようだ。

トアたちはぐったりしながら、ローザたちがお茶会を開いているテーブルへとやってくる。そこで紅茶でも飲みながら、ゆっくりと疲れを癒すつもりだ。

「お疲れじゃったのぅ」

「素晴らしい雄姿を見せてもらったぞ！」

「お見事でした」

ローザ、チェイス、レナードの三人から労いの言葉をかけられる、要塞村雪合戦人間代表を務めたトアたち。

偉い人たちに褒めてもらうのは誇らしいし嬉しいのだが、今はそれよりも疲労感の方がずっと勝っていた。

「さて、お疲れのところ悪いが……」

トアが着席した途端、チェイスの声色が変わる。

「君に知らせておきたいことがあってね。今日ここへ来たのは、雪像祭りが楽しみということもあったが……半分はその報告のためなんだ」

「ほ、報告――もしかして、フェルネンド王国絡みですか？」

「おっ？　勘がいいな」

やはりか、とトアはため息をつく。

八極の偽物まで用意し、セリウス王国侵攻を企てたフェルネンド王国。聖騎隊はオルドネス率いる先遣部隊を手始めに、国境近くにあるダルネスという町に派遣。

急襲を受け、パニックに陥るダルネスだったが、その時は町に偶然トアたち要塞村の面々が居合わせたため、退けることができた。

あれ以降、特にフェルネンド王国側に関する情報を聞いていないが、チェイスの口ぶりからすると大きな動きがあったようだ。

「連中、また何か企てているようだぞ」

「懲りん連中じゃのぅ」

呆れたように言い放つローザ。

心境としては、トアも同じだった。

「まさか……まだ挑もうとしてくるなんて」

「いや、君たちとの圧倒的な力の差は理解しているようだ」

「「えっ？」」

トアとローザは同時にチェイスへと視線を送る。

「ど、どういうことですか？」

「狙いを外したということだ。……いや、厳密に言うと、フェルネンド側の標的はセリウスで変わりないのだろうが、前回の敗戦を受けて戦力の補強に走るようだ」

「戦力補強……まさか、今度こそ本物の八極を!?」

「それはないじゃろうな」

トアの懸念を、ローザは一蹴する。

「八極の中に、今のフェルネンドへ肩入れするようなヤツがいるとは思えん。連中が狙うとするならもっと別のところじゃろう」

「ほう、ではローザ殿はどこが狙われると？」

「そうじゃのぅ……確信があって言うわけではないが、例えば恩赦をチラつかせて罪人たちを兵に仕立てるとか。或いは、他国と同盟を結び国力を高めるか……まあ、どちらもあまり現実的とは言えんがな」

「いえいえ、今のフェルネンド王国はまさに窮鼠。ゆえに、あらゆる可能性を考慮する必要があります」

「ファグナス様、俺たちの方でも何か分かったら報告をしますので」

「我がエノドアも同じです」

「ふっ、頼もしいな、ふたりとも」

トアと息子のレナードから力強い言葉を贈られ、チェイスの頬は思わず緩んだ。

「ワシらも好んで戦闘をするつもりはないが、セリウスも要塞村も住みやすいところじゃからな。その穏やかな生活を脅かすというなら……その時は、侵略者共と戦うとしようかのぅ。エステルはどうじゃ？」

「私も同じ気持ちです」

《大魔導士》として世界でもトップクラスの実力を持つローザと、その弟子のエステル。

彼女たちも、要塞村を守るためならばその力を存分に発揮するつもりだ。

「俺たちも喜んで力を貸すぞ、トア」

「困ったことがあったら呼んでくれよな」

「まあ、私はエノドア自警団の一員だから、要塞村の人たちほど自由に動き回れるわけじゃないけど、そうなった時はみんなを守るために戦うわ」

若い三人の言葉に、町長レナードは満足そうに「うんうん」と頷いた。

「クレイブ、エドガー、ネリス……君たち三人の活躍には町長としてとても期待しているよ。もちろん、ジェンソン団長やヘルミーナさん、他の団員たちにもね」

「「「ありがとうございます、レナード町長」」」

守りたいものがある。

それが、この場にいる全員の共通意識。

そのために、再び暗躍を始めたフェルネンド王国の動きに注意しなくてはならない。

クラーラやマフレナ、ジャネット、雪合戦ではしゃいでいる村民たちを眺めながら、トアは決意を新たに誓うのだった。

閑話　ストナー家の血を引く者

ストリア大陸最大国家――フェルネンド王国。

「やれやれ……ダルネス侵攻に失敗した時はどうなるかと思ったが、こうしてこの場に戻って来られて本当によかった」

ため息交じりにフェルネンド城内を歩くのは、ダルネス侵攻の際に指揮官を任されていたオルドネスであった。

先遣隊として意気揚々と侵略戦争の先陣を切ったオルドネス隊であったが、結果は散々なものだった。

奇襲に加えて、勝利をより確実にするためにわざわざ巨人族の腕っぷし自慢を八極の赤鼻のアバランチの偽物に仕立て上げ、相手の戦意低下も狙った――が、すべては突如乱入してきた謎の異種族部隊によって台無しとされた。

そんな、大失態を犯したオルドネスだが王国聖騎隊の、しかも隊長職に復帰できたのには訳がある。

「あんたも悪運強いよな」

オルドネスと並んで歩くのは聖騎隊の一員であり、オルドネスの指揮する先遣隊の若きエースとして期待されていたプレストンだった。

「つーか、俺なんか絶対に戻されないと思ったんだがな。よほど切羽詰まっているのかねぇ」

「人員不足というのもあるだろうな。まあ、そのおかげで、降格もせず隊長職に居座れたのだからよしとしよう」

「……人員不足って理由だけじゃなくね？」

「……気づいたか？」

「ああ、まあね」

プレストンはオルドネスの言葉の真意を汲み取って頷く。

「最近、聖騎隊の中も見慣れねぇ顔ぶればかりになったたな」

「城内をうろついているということは、それなりに信用を得ている者たちということだが……おそらく、他国から来た者も多いだろう」

「随分と雑食になったもんだ。お偉いさんが変わるとこうも風景が違ってくるとはね。お友だちでも紛れ込んでいるのか？」

「あまり喜ばしいことではないが……そうなのだろうな」

「これもあのおバカ貴族——もとい、次期国王候補最有力とされるディオニス・コルナルド殿の手腕によるものかね」

「よせ。どこで誰が聞いているか分からんぞ」

「へいへい」

これまでは聖騎隊への入隊資格にフェルネンド王国の国籍が必要であった。しかし、ディオニスが権力を振りかざすようになった短い間に、これだけ新しい人材を大量に入れるということは、そのあたりの規制が緩和されたことを指していた。

「なりふり構っていられないってことかね。ただ……不思議と追い詰められたって感じは漂ってこないのが気にかかるな」

「そこは大陸一の大国というプライドがあるのだろう。だが、誇り高き我らフェルネンドはこれ以上無様な戦いはできないと内心躍起になっているのさ」

「けっ、無駄なプライドだな。そのうちマジで足元すくわれちまうぞ」

「口を慎みたまえ、プレストンくん。その無駄なプライドがあるからこそ、我々は飯を食っていけるのだ」

「……確かに」

兵士としては国が戦いを望むのであれば出番がある。

それだけ給金も跳ね上がるというわけだ。

以前のように大型魔獣ばかりを相手にする討伐任務は危険なうえに見返りが少ない仕事だったので、今の方がふたりにとって向いている方針といえた。

「そういえば、例の話は本当なのか？」

「次の作戦のことか？」

「ああ。正直、あれもうまくいくとは思えねぇけど」

「だが、上はそう思っていないんだ。うまくいけば、戦力は大幅に強化されるわけだし、躍起になるのも無理はない」

「うまくいけば、か」

希望的観測ばかりで、具体的な対策が講じられていない運任せの作戦。

プレストンはうんざりしたように大きく息を吐いた。

「そういえば、まだ君に伝えていなかったが、新しく隊を編制するにあたり、三名が我々の隊へ召集されることになった。そのうち二名は現在遠征に参加しているため、合流にはもう少し時間がかかるようだが、あとひとりはすでに私の部屋に招き入れてある」

聖騎隊の隊長クラスには城内に専用の個室が用意される。隊長職に復帰したオルドネスにも当然与えられるので、新入りは先にそちらで待たせていたのだ。

「誰なんだ、そいつは」

「私も詳しい話は聞いていないのだが、なんでも今年養成所を出たばかりのルーキーらしい」

「世代的には俺のひとつ下ってわけか」

「養成所時代の成績には目を通したが、かなり優秀なヤツだぞ。君やあのクレイブ・ストナーにも引けを取らないレベルだ」

「そんな将来有望株をうちに預けて大丈夫なのか？」

オルドネスが見た成績通りの優秀な兵士であるなら、わざわざこんないわくつきの隊へ送り込むことなどありえない。

その理由はオルドネスの口から語られた。

「我々の隊へはその新入りが希望して入隊するそうだ」

「はあ？　なんでまた？」

「そのことなのだが……どうも君に原因があるようだ」

「俺に？」

ますます謎が深まったとプレストンは混乱した。

自分で言うのもなんだが、後輩の面倒見がいいというタイプではない。養成所時代は自分よりもトアやクレイブの方がずっと評価が高い。

そんな自分を目当てにオルドネス隊へ入ろうという物好きがいる。

その正体を知るため、オルドネスとプレストンは隊長室へと入った。

「彼女がそうか……女とは意外だったな」

「同感だぜ」

隊長室に先乗りしていたのは少女だった。

入室してきたオルドネスとプレストンの存在に気づいて振り返り、挨拶をする。

「おはようございます。殺しますよ？」

「「!?」」

開口一番そんな物騒な挨拶をくらわされたふたりは思わず固まった。

「申し訳ありません。殺意が溢れるあまり不適切な発言をしてしまいました」

「いや、不適切とかそれ以前の問題だろ……」

プレストンはそう言って、謝っていた少女の顔を見て再び固まる。

少女の外見に既視感があった。

褐色の肌に腰まで伸びた青い髪に鋭い眼光。

少女はプレストンのよく知る同僚とよく似ていた。

「……おまえ、名前は？」

恐る恐る尋ねると、少女は胸を張って答える。

「ミリアです。ミリア・ストナーと申します」

「！　ス、ストナーだと⁉」

オルドネスとプレストンが驚くのも無理はない。

ストナー家といえばフェルネンド国内にその名を轟かせる戦神と呼ばれる一族の名だ。

そして何より、トアやエステルと共に王国聖騎隊から姿を消したクレイブ・ストナーと同じ名を持っている。

「おまえ……もしかしてクレイブの――」

「妹です」

やはりか、とプレストンはため息を漏らす。そして続けざまに質問をぶつけた。

「おまえがこの部隊へ入るのに俺が関係していると聞いたが……そうなのか？」

「その通りです。プレストン先輩と私は標的にしている人物が一致しているという情報を得たので、指名しました」

「標的にしている人物だと？　まさか――」

「お分かりいただけたようですね。……私の標的はトア・マクレイグです」

クレイブの妹のミリアは、トアを標的として定めているため、同じ目的を持つプレストンがいるオルドネス隊への入隊を希望したのだという。

「なんでおまえはトアを目の敵にする？　あいつはおまえの兄貴と仲良しだぞ？」

「そうです。聖騎隊の未来を担うはずだった私のお兄様をたぶらかし、聖騎隊から引っ張り出したあの男を許してはおけないのです……見つけ次第……ふふふ」

瞳から光がスッと消え去り、ブツブツとトアへの恨みを語るミリア。

だが、その言葉にはいくつか誤りがあるとプレストンは思った。しかし、その誤情報について訂正を許さない雰囲気を醸しだしている。

「おい、あんなのがあとふたりも入るのか？」

「他のふたりはきっともっとマシだ。……たぶん」

「というか、あいつ、もしかして適当に厄介払いされてここへ来たんじゃないのか？　どう見ても面倒臭そうな感じだし」

「それはない……とは、言い切れないな」

「……ないって方向を切に祈るぜ。俺たちが言えた立場じゃねぇが、寄せ集め集団にされてたまるかよ」

前回の作戦失敗の代償——と言うには大袈裟だが、ミリアの面倒臭そうな性格を考慮すると、何かしらのペナルティじゃないのかと思えてくるふたりだった。

「何をぶつくさ言っているのですか？　私たちに与えられた任務はトア・マクレイグの暗殺のはずです」

「違ぇよ！　……ああ、いや、あんま違わねぇのか？」

「とりあえず彼女は君に任せるよ、プレストンくん。先輩として彼女に聖騎隊での心得を伝授してやるといい」

「なっ⁉」

プレストンがオルドネスの方へ視線を向けるが、その動きを察知したかのようにパッと視界から姿を消す。気がつくと、オルドネスは部屋のドアから出るところであった。

「では私は彼女の入隊に関する報告をしてくるから、あとは頼むぞ」

そう言って、返事も待たずオルドネスは立ち去った。

「あの狸親父め……」

ここまでのやりとりでミリアが大変に面倒な存在であることを悟ったオルドネスは、とっととその身柄をプレストンに預けて逃げだしたのだ。優れた戦闘実績があるわけでもないのに隊長職に就いた彼の本領発揮といえる。

「何をしているのですか、先輩。すぐに出撃の準備をしてください」

「おい待て。まさかこれからトアの居場所に乗り込もうって言うんじゃないだろうな？」

「むしろそれ以外の選択肢がありますか？」

「それ以外の選択肢しかねぇんだけどな」

とにもかくにも、まずはこのミリアにいろいろと常識というものを叩き込まなくてはいけないだろうとプレストンは思った。

「さあ、先輩！　この私の部隊にいるからにはしっかりと戦力になってもらいますよ！　目指すは打倒トア・マクレイグ！」

「おまえの部隊になったわけじゃねぇよ！」

先行きは不安であるが、トアへの復讐にはきっと欠かせない人材となるはず。

「トア・マクレイグ……」

ミリア・ストナーの登場で、プレストンはダルネスでの戦いにおける人生最大の屈辱を思い出していた。

それは、トアに決定的な力の差を見せつけられて敗北したこと。

《洋裁職人》というジョブのくせに、なぜあれほど強くなっているのか。あれはもう修行したからとか、そういう次元のパワーアップではない。

必ずあるはずなのだ。

トア・マクレイグが爆発的に強くなった理由が。

「……まあ、たとえそれが分からなくても、この女はいざという時、何かと利用できそうだな」

「？　何か言いましたか？」

「いや、別に。それより、俺たちの最初の任務はトア・マクレイグに関係ないものだぞ」

「えぇ……」

「露骨に嫌そうな反応するなよ」

やはり、このミリア・ストナーという少女はいろいろと面倒臭そうだ。

「とりあえず、近々俺たちはエルフ族の森へ向かう予定だ」

「エルフの森へ？」

「そうだ。まずはもっとも近い場所……オーレムの森だ」

クレイブの妹であるミリアを加えたオルドネス隊をはじめ、フェルネンド王国聖騎隊の新たな侵攻作戦。

その最初の標的は、クラーラの故郷であるオーレムの森だった。

第四章　寒い冬のホットな新スポット

要塞村には専用の農場が存在している。

そこは主にリディスたち大地の精霊が管理し、収穫の際は村の子どもたちが手伝いに来てとても賑(にぎ)やかになる。

見回りの途中で近くを通りかかったトアは、その賑やかな声につられて農場の様子を見学することにした。

そこではすでに収穫した野菜を慣れた手つきで仕分けている子どもたちの姿があった。みんなで協力し、夕食で使う野菜を選んでいるようだ。

トアはそんな子どもたちを優しく見守るリディスへ話しかけた。

「やあ、リディスさん」

「トア村長～、どうしたのだ～」

「ちょっと様子を見に来たんですよ」

村長であるトアがやってきたことを知った子どもたちは、野菜を抱えると一斉にトアのもとへと集まって来た。

「トア村長、見てください！」

「これ、私たちが収穫したんですよ！」

一番近くにいた銀狼族の少女が差し出した野菜は、鮮やかな緑色をしていた。

「おっ？　ホウレン草か」

「ほほう、これはいい出来ですね！」

「本当に——って、フォル!?」

いつの間にか農場に来ていたフォルは、トアが驚いているのをスルーしてホウレン草を手に取っていた。

「収穫した野菜の状態をチェックしに来たのですが、まさかマスターがいらっしゃるとは思いませんでした」

「賑やかな声がしたから、ちょっと寄ってみたんだよ」

「子どもたちにとって、野菜の収穫は仕事であり、遊びでもありますからね。特に、この村の子どもたちは体を動かすのが好きな子が多いですから」

フォルは子どもたちからホウレン草の詰まったバスケットを受け取る。

「それでは早速、この立派なホウレン草を使っておいしい夕食を作る準備にとりかかるとしましょうか」

「それについては賛成だけど——うぅ」

「？　どうしました？」

「ああ、いや……今日は一段と冷えるなぁって」

小さな子どもたちはあまり気になっていないようだが、今日はいつにも増して風が冷たい気がしていた。

「それでは何か体が温まるものにしましょうか」

「大賛成だよ！」

トアとフォルが夕食談義に花を咲かせていた時だった。

「随分と楽しそうね」

「わふっ！　今日は収穫日でしたか」

クラーラとマフレナが農場へとやってきた。どうやら、ふたりも子どもたちの楽しそうな声に導かれてきたらしい。

「それが今日の収穫？　ホウレン草かぁ」

「おや？　クラーラ様はお嫌いでしたか？」

「私はどちらかというと肉派なのよ」

「肉派……ですか。それにしては――」

「……何？」

低い声と鋭い眼光をフォルへと向けるクラーラ。さすがにこれ以上は危険だと判断したフォルはだんまりを決め込む。

「まったく……それより、エステルを見かけなかった？」

「エステルを？」

クラーラからの質問に対し、トアは思わず聞き返した。

「エステルがどうかしたの？」

「……今朝、様子が変だったのよ」

「えっ？」

意外な言葉だった。

トアからすれば、別段おかしいと思えるような言動をエステルがとっていたという記憶がまったくなかったからだ。

「な、何が変なの？」

「……あれは、私がいつもマフレナとやっている丸太スクワットの途中の出来事よ」

「いつもそんなことしてたの……？」

丸太スクワットの詳細が気になるところではあるが、今はそれよりもエステルについてだ。トアはクラーラに説明の続きをお願いする。

「私たちが修行している場所に、偶然エステルが通りかかったんで声をかけたんだけど、なんだかブツブツ呟きながら行っちゃって……」

「こちらの声が聞こえていないようでした」

「なるほどね」

深刻そうなふたりに比べ、幼馴染として小さな頃からエステルを知るトアには慌てる素振りが見られなかった。

「随分と落ち着いていているわね」

「エステルって、一度深く考え込むとなかなか抜けだせないところがあって」

「そういえば……雪像祭りの時にネリスから聞いたけど、トアが聖騎隊を抜けた直後のエステルってひどかったんでしょ？」

「ああ……俺も直接見たわけじゃないから分からないけど、クレイブやエドガーも似たようなことを言っていたな」

その結果、エステルは聖騎隊を抜けだし、トアの暮らす要塞村へと移住してきた。

「まあ、大丈夫だと思うけどな。時間帯的に、きっとローザさんと修行をしていただろうから、そのことでちょっと考えていたのかも。どうしても気になるなら、あとは直接エステルに聞くしかないね」

「わふっ！　そうですね！」

「もしかしたら、エステル……丸太スクワット以上に効果的な足腰のトレーニング方法を見つけたのかもしれないわね」

「……それはないと思うし、仮に見つけたとしたら嬉々としてクラーラに教えると思うよ」

間違いなく、トレーニング絡みでないのは確かだ。

とりあえず、エステルの件はしばらく様子見ということで決着。

トアたちは収穫した野菜を調理場へ運ぶべく、協力して要塞内を進む。

ちょうどドワーフたちの工房へ通りかかった時、ジャネットが外へ出てきた。

「やあ、ジャネット」

「あら、トアさん。それにみなさんも。野菜の収穫ですか？」

「ああ」

「ジャネット様は休憩ですか？」

「えぇ」

野菜を抱えたトアたちとジャネットが談笑していると、そこに近づく人影が。

「あ、トア。やっと見つけた」

先ほど話題にあがったエステルがやってきた。

「あ、ジャネットの報告中だった？」

「もうほとんど終わったので、私は大丈夫ですよ」

「ああ……でも、ジャネットの意見も聞きたいかな。ちょっと問題のある場所があって。みんなどうしたらいいか困っているの」

「問題のある場所？」

トアとジャネットは顔を見合わせる。

どうやら、要塞内でトラブルが起きたようだ。

そうなると、リペアとクラフトが使えるトアと、細かい作業を行えるドワーフ族のジャネットの力が必要になってくる。

「フォル、悪いけど――」

「野菜の運搬はお任せください」

「いえ、私たちで運んでおきますから！」

「それが終わったらすぐに向かうわ。まずはあなたたちで様子を見てきて」

「ありがとう。助かるよ、マフレナ、クラーラも」

トアはふたりに礼を言うと、エステルの言う「問題のある場所」を確認するため、フォル、ジャネットと共にその現場へと向かった。


「こ、これは……」

「あら～……」

エステルに案内されたのは、夏場にプールとして使用されていた場所だった。

夏が終わったので、普段ならばビーチボールやらハンモックやらが片づけられ、水も抜かれているはずなのだが、なぜか水で一杯に満たされていた。

「まさかとは思うけど……誰かプールに入る予定とかは？」

「ないわ」

「だよねぇ……」

ということは、考えられる答えはひとつ。

「一回、お風呂のお湯を間違ってこっちに流しちゃったらしくて、それから抜くのを忘れていたらこんなふうになっていたのよ」

水で満たされたプールは寒さでカチカチに凍りついていたのだ。

「そういえば、ここは暖房用の魔鉱石ランプが設置されていませんでしたね。人の往来も少なくなっていましたから、忘れてしまったのでしょう」

つい先日、ジャネットたちドワーフ族は、寒さに弱い王虎族のため、要塞内の廊下などに設置しているランプに、熱を発する魔鉱石を埋め込んで暖かく過ごせるような工夫を施した。

しかし、この周辺は居住区から離れていることもあって、暖房ランプが設置されておらず、そのため、人の通りが少なくなっていた。

ゆえに、誤って放水されたお湯がそのまま放置され、冬の寒さでカチカチに凍ってしまったのだった。

「とりあえず、氷を溶かしましょうか」

「私とフォルだけだと相当時間がかかるだろうから、ローザさんも呼びましょう」

フォルとエステルがそんな話をしているが、凍ったプールを目の当たりにしたトアにはある閃き(ひらめき)が走っていた。

「いや、それよりも……ジャネット」

「はい？」

「工房にいるドワーフ族のみんなを呼んできてくれないか？」

「……ということは？」

「ひと仕事やってもらいたいんだ」

トアは自身の閃きをもとに、要塞村の新たなウィンターレジャースポットを生みだそうとしていた。

◇　◇　◇

数時間後。

トアは凍てついたプールにジャネットを含むドワーフ族を召集した。

また、ドワーフ族以外にも、クラーラ、エステル、マフレナ、ローザの四人をはじめ、銀狼族や王虎族、そしてモンスター組といった面々が集まった。

「それで、一体何をするつもりなの、トア」

事情をまったく説明されていないエステルは困惑気味だった。

他の三人も同様に、ここで何をするんだ、という表情でトアを見つめている。

当初は氷を溶かして元通りにするのかと思いきや、ドワーフ族を呼びだしたとなるとそんな単純な話ではないようだ。

「今回は凍ってしまったプールの活用法を思いついたんで、それをお呼びしたみなさんに試してもらおうと思って」

トアが丁寧な口調でみんなに説明すると、まずはドワーフたちへ二枚の紙を手渡した。それはトアが手描きした設計図。ドワーフたちが作る物に比べれば、精密性など劣る点は多々あるが、この凍ってしまったプールの画期的な活用方法が描かれていた。

受け取ったゴランは設計図へ目を通す。

「ふむ。作業量自体はそれほど多くありませんな。これなら、村長の能力と合わせて今日中に完成も可能です。……逆に言うと、目立った変更点が見受けられないのですが……」

「それでいいんだ。このプールはほぼそのまま使用するつもりだからね」

「そのまま？　――あっ」

どうやら、エステルはトアが何を作ろうとしているのか分かったようだ。

「もしかして、もう一枚の紙にあるのは……足に履くあれの設計図？」

「そういうこと」

「そっかぁ。ここでもあれができるのね。楽しみ！」

テンションの上がるエステル。

一方、クラーラやマフレナはまったくピンと来ていないようだった。

「ね、ねぇ、一体何をやろうっていうの？」

「わふぅ……まったく想像がつきません」

「じゃあ、ふたりは完成してからのお楽しみということで」

「き、気になるわね……」

「でも、完成した時の楽しみがありますよ？」

「それもそうね。じゃあ、私たちはこれから何をすればいいの？」

「じゃあ、それを今から伝えるよ」

トアは村民たちに声をかけ、自分に注目を集めると、大きな声で今後の動きについて説明を始めた。

「ドワーフ族のみなさんは二手に分かれてそれぞれ作業をお願いします。それ以外の人たちは、氷上に落ちている石や葉っぱを拾い集めてください」

「「「「おおおう‼」」」」

村民たちは気合十分。

こうして、凍ったプールの再利用作戦が開始された。

◇◇◇

凍ったプールの上に散乱する石や葉っぱの除去作業は困難を極めた。

何せ足元はすべて氷張り。

少しでも踏ん張ろうものなら、ツルッと滑って全身を強打する者が続出したのだ。

「思わぬ苦戦を強いられたわね」

「わふぅ……さっきからずっと転びっぱなしです」

こうした作業に不慣れなクラーラとマフレナは転んでは立ち上がりを繰り返しながら、氷上に落ちた石や葉っぱを回収していく。

氷上で悪戦苦闘する村民の横では、ドワーフたちがトアの描いた設計図をもとにして作業を続けていた。

そして、作業開始から数時間後。

「よし、完成だ！」

とうとうすべての作業が終わった。

「――って、あんまり最初の時と変わっていない気がするんだけど？」

まず口を開いたのはクラーラだった。

「確かにトアはこれをそのまま活用するみたいなことを言っていたけど、さすがに変わらなさすぎじゃない？」

「わふぅ……私もここから何をするのか想像できません」

「しいていえば、プールサイドに手すりのようなものがついたくらいだけど……それで何をしようっていうのよ」

「これはあくまでも補助的な役割を果たすものさ。本命は――こっちだよ」

首を傾げて不思議そうにしているクラーラに対し、トアは見せつけるようにして氷上へと足を踏み入れた。

「ちょ、ちょっと、滑って転ぶわよ！」

慌てて叫ぶクラーラ。

しかし、トアはまったく予想外の動きをする。

「⁉　嘘(うそ)っ⁉　めちゃくちゃ綺麗(きれい)に歩いている⁉」

「わふっ⁉　あれは歩いているというより、滑っているって感じです！」

マフレナの言う通り、トアは氷の上を歩くというより、滑っているようだった。

「ほぉ……見事なものじゃな」

「相変わらず上手(うま)いわねぇ」

驚くクラーラとマフレナをよそに、感心するローザとエステル。

トアはそんな反応を楽しむかのように、スイスイと氷の上を滑っていく。

「ね、ねぇ、エステル。トアは一体何をしているの？」

「どうしてあんな風に滑れるんですか？」

未だ状況が呑(の)み込(こ)めないクラーラとマフレナはエステルへそう尋ねる。

「あれはスケートっていうスポーツなの」

「スケート？」

「聞いたことないわねぇ……どういうものなの？」

「靴の底に特注の刃をつけて氷の上を滑るの。トアの足元を見て。いつもの靴とはちょっと違う物を使っているでしょ？」

「わふっ！　本当です！」

「あれを履いて氷上を滑るの。スピードを競ったり、踊るように滑ったり、いろいろな競技にもなっているわ」

　エステルがマフレナへ解説をしていると、横で聞いていたローザがポンと手を叩いた。

「凍ったプールを利用してスケートをしようというわけか」

「そうなんです。でも、スケート靴なんてよく作れたわね、ジャネット」

「まだ鋼の山にいた頃に作ったことがあったんですよ。……それにしても、トアさん、上手に滑りますね」

「養成所にいた時、冬の休暇を利用してよくクレイブくんの別荘へ行ったんだけど、そこでずっと練習していたみたいよ。エドガーくんやミリアちゃんとよく競っていたし」

「「ミリアちゃん？」」

　初めて聞く女の子の名前に、クラーラとマフレナは興味を示した。

「ミリアちゃんっていうのはクレイブくんの妹なの。私たちとは小さな頃からの付き合いで、養成所に入る前は一緒に遊んだりしていたの」

「「……………」」

　一瞬にして表情が険しくなるクラーラとマフレナ、そしてジャネット。

「あっ、安心していいわよ。ミリアちゃんって物凄い お兄ちゃんっ子で、トアとクレイブくんが仲良くしているとよく間に割って入ったりしていたから」

「「「…………」」」

　険しさから一転、クラーラとマフレナとジャネットはホッと安堵し、晴れやかな表情へと変わった。新しいライバルの登場かと心配していたようだ。

「みなさんの靴も作ってきましたから、挑戦しますか？」

「ちょっと怖いけど……目の前であんなに気持ちよさそうに滑られたら、引っ込むわけにはいかないわね」

「わふっ！　私も挑戦します！」

「私もやってみようかしら」

「ならば僕も行きましょう。マスターほどではありませんが、実技指導ができるくらいには滑れるはずです」

　エステルたちが準備をしている中、みんなの間から抜け出たフォルが氷の上へ。

「なっ⁉　スケート靴なしで滑ってる⁉」

「僕が派手に転ぶところを想像していたのなら申し訳ありません、クラーラ様。今の僕は新しく追加されたスケートモードになっているのです」

「なんてニッチな機能を……」

　スケートモードへ変形すると、魔力を操作することでサバトン（鉄靴）に内蔵されたブレードを外へ出すことができ、氷上を滑ることが可能になる。

　ただ、変わるのは足元くらいなので、外観にはほとんど変化が見られない。言ってみれば、とてつもなく地味で使い道が限定されすぎているモードだった。

　と、その時、意外なところから挑戦者が現れる。

「まあ！　スケートですの！」

地下迷宮の看板娘である幽霊少女アイリーンだ。

「わふっ？　アイリーンちゃんもやったことがあるの？」

「冬の寒さが厳しいザンジール帝国ではポピュラーなスポーツですの。特に貴族の間で流行していて、舞踏会をスケートで行うところもあるくらいでしたわ」

「そ、それは凄いわね……」

「そういうわけで！　わたくしも幼い頃からスケートは嗜んでいましたのよ？　自慢するつもりはありませんが、《氷上の妖精》なんて呼ばれたりもしていましたわ！」

「じゃあ、その実力を見せてもらいましょうか」

クラーラが言うと、アイリーンの瞳が「その言葉を待っていました！」と言わんばかりにキラリと輝いた。

「わたくしの華麗な滑りをご覧に入れましょう！」

気合を入れて氷上へ向かうアイリーン。

その顔つきは自信に溢れていた――が、それは一瞬にして絶望へと変わる。

「？　ど、どうかしたの、アイリーン」

心配したエステルが声をかけると、アイリーンはゆっくりと振り返る。

「わ、わたくし……今はもう足がなかったんでしたわ」

「「「「…………」」」」

何も言えない女子四人。

と、そこへスケートモード状態のフォルがやってくる。

「アイリーン様」

「フォルさん……申し訳ありません。わたくしはフォルさんと一緒にスケートを楽しむことができませんの……」

「でしたら、僕に滑り方をレクチャーしてくれませんか？」

「えっ？　で、でも、フォルさんはもう……」

「まだ新しい機能でして、どうにもうまく操れていないみたいなんです。経験豊富なアイリーン様の意見を是非参考にしたいのですが」

「！　そ、そういうことならお任せください！」

アイリーンが元気を取り戻し、フォルと共に氷上へと向かっていった。

「と、とりあえず、一件落着のようね」

「わふふ。アイリーンちゃん、嬉しそうです」

「……なんだか凄く面白そうじゃないの。私も滑ってみたいわ」

「そう言うと思って、クラーラさんのサイズに合わせた靴も用意してあります」

「さっすがぁ！　――て、かなりの数の靴があるわね。これだけの量を作るのは大変だったんじゃない？」

「いえ……なんだかヤル気が漲って仕方がなかったので、問題ありませんでした」

「そ、そう」

鼻息荒く語るジャネット。

これまでの防寒グッズや雪像に比べると、スケート場や靴の製作は難易度が低いものの、職人としての魂に火がついたようだった。

「それより、靴をどうぞ」

ジャネットから靴を手渡されると、早速クラーラは氷の上に出る。

だが、そこはいつもの慣れた地面とはまったく状態が異なる場所だ。

「きゃっ⁉」

慣れないクラーラはすぐにバランスを崩して転んでしまう。

「お、思ったより難しいわね」

全身をプルプルと震わせるその姿はまるで生まれたての子鹿。そこへ、華麗な滑りを見せるフォルがやってくる。

「おやおやおやおやおや～？　どうしたんですか～？　クラーラ様～？　もしかして滑れないんですか～？」

クラーラが滑れないことを知るや否や、ここぞとばかりに煽り倒すフォル。

「ぐぬぬっ……これくら、い——ひゃっ⁉」

力を入れて立ち上がろうとすれば、足元がツルンと滑ってしまう。

体重を支えつつも、適度にバランスを保てるように力加減をするのは、慣れていないとかなり難しいのだ。

「大丈夫、クラーラ？」

「え、ええ、なんとか……て、エステルも滑れるの⁉」

「聖騎隊の時に訓練の一環でやった経験があったのよ」

そう言って、クラーラの手を引き起こしあげる。

「私も最初は転んでばっかりだったわ。滑るにはコツがいるし、それを習得するのはなかなか大変なの」

「なるほどね」

「わふ～♪」

「……同じく初めてのはずのマフレナは、すでにフォルよりも滑れている感じなんだけど？」

「あの子はほら……本能で滑っているところがあるから」

根拠も何もないのになぜか深く納得できる答えだった。


トアたちが試し滑りをしたところ、特に問題はなさそうだったので、要塞村スケート場は村民たちに解放された。

子どもや大人が入り混じり、尻もちをつきながら、ほとんどが初体験となるウィンタースポーツに熱中している。

「むむむ……さっきトア村長がやっている時は簡単そうに見えたが、実際にやってみるとかなり難しいな」

「バランスを取れさえすればなんとかなるのだが」

「それが非常に難しい……」

悪戦苦闘する村民たち。

だが、身体能力に優れる種族が多いため、すぐにコツを覚えて楽しく滑ることができた。

とはいえ、中には例外もいる。

「ローザはやらないのかい？」

「ワシが運動苦手なのを知っておるだろう……煽りか？」

運動が苦手なローザはやる前から応援サイドに回っている。

だが、運動が得意でも苦戦している者もいた。

「ぐぬぬぬ……」

クラーラもそのひとりだった。

「大丈夫か？」

心配になったトアがクラーラの腕を掴む。

「ありがとう。まだまだ練習が必要ね」

あれだけ失敗しても、あきらめずに前向きな姿勢のクラーラ。そこは自分も見習わないとな、と思いつつ、トアはクラーラを持ち上げようとした――が、またも足を滑らせたクラーラは、そのままたトアの方へもたれかかる。

「わっ⁉」

「きゃっ⁉」

いくらスケートを得意としているトアでも、急にもたれかかられると踏ん張れず、バランスを崩してしまう。

結果、クラーラはトアに覆いかぶさる形で倒れ込んだ。

「だ、大丈夫⁉」

「あ、ああ……クラーラは？」

「私は平気――っ！」

クラーラの目つきが変わった。

その視線はプールのある部屋の窓へと向けられていた。

「どうした？」

「……今、あそこの窓の外に知っている人がいた気がして」

「知っている人？」

クラーラの視線の先にある窓。その向こう側には屍（しかばね）の森が広がっている。トアもそちらへ視線を移すが、そこには誰もいなかった。

「誰がいたんだ？」

「前に話したでしょ？　私が憧れていた人」

「あ、ああ」

湖の畔で早朝稽古をした際、クラーラはかつて近所に住んでいた幼馴染のお姉さんから剣術を習ったと言っていた。その近所のお姉さんが、屍の森の中にいたと言うのだ。

「今、その人がそこにいた気がしたの」

「えっ？」

トアは再び窓へと視線を移す。

だが、やはりそこには誰もいない。

「気のせいじゃないのか？」

「う、うーん……やっぱりそうだったのかな。この前の稽古の時、久しぶりにあの人のことを思い出したから勘違いしたのかもね。ごめんなさい、トア」

「いいよ。……それよりも」

「？　何？」

「そろそろどいてもらえると助かるかな、って」

「へっ？　――っ⁉」

自分がトアを押し倒している状況であることを思い出したクラーラは、即座にその場から飛び退く。

「あ、危なかった……もしエステルたちに見られていたら……」

「さすがにあれだけ大きな音がしたら注目するわよ、クラーラ」

「⁉」


ギギギ、と錆びついたドアを開けるような動作でゆっくりと振り返るクラーラ。

そこにはエステル、ジャネット、マフレナの三人が立っていた。

「ち、ちち、違うのよ！　足がもつれただけなのよ！　他意はないのよ！」

目を泳がせながら弱々しく言い訳を始めるクラーラ。

「……まあ、あれは確かに事故っぽかったわね」

「ええ。羨ましい事故です」

「わふっ！」

「うぅ……みんなぁ」

クラーラたちの方はなんだかいい感じに解決へ向かっているようだ。

「マスター、ご無事で何よりです」

「大きな音がしたので心配していましたが、大丈夫そうですわね」

そこへ、フォルとアイリーンがやってくる。

「俺はいいんだけど……クラーラが」

「あれは仕方がありません」

「事故とはいえ、あの体勢はさすがに……でも、クラーラさんもわざとということではないようですし、円満に解決しそうですが」

「クラーラ様にそこまで器用な駆け引きはできませんからね」

「失礼を承知で言うなら、フォルさんの言う通りですわね」

トアはあまり気にかけていないようだが、フォルとアイリーンは互いに顔を見合わせてニヤニヤしていた。

「まあ、ともかく、みんなも楽しそうだし、冬場でもプールが有効活用できるってことが分かったね」

「でしたら、もう少しこの辺りを整備しておかないといけませんね」

「そうですわね。わたくしも、指導者として若い子たちにもっとスケートの楽しさを教えてあげたいですわ！」

盛り上がる三人。

要塞村冬の新スポットは、まだまだアツい賑わいを見せそうだ。

その日の夜。
スケートで体を動かした村民はすっかり腹ペコとなっていた。
トアをはじめ、エステル、クラーラ、マフレナ、ジャネットの四人、さらに村民たちが続々と要塞村の宴会場に集まってくる。
「お？　なんだかおいしそうな匂いがするな」

「本当……何かしら？」

最初に気づいたのはトアとエステルだった。

その匂いは次第に他の村民たちの鼻にも届き、ざわめきが起きる。

「お待たせしました」

そこへ、巨大な寸銅鍋を抱えたフォルが登場。

「ど、どうしたんだ、その鍋」

フォルはテーブルに鍋を置き、蓋を開ける。

「わあ、おいしそう！」

「わふっ！　早く食べたいです！」

我慢できなくなったエステルとマフレナは鍋を覗き込んで中を確認する。そこには魚や野菜が入った白いスープのようなものが。

「これはシチューです」

「「シチュー！」」

エステルとマフレナの声が重なり、同時に瞳の輝きも増す。

――トアは知っていた。

シチューはエステルの大好物なのだ。

「本日のメニューはホウレン草と赤身魚のクリームシチューです」

これがフォルの考案した夕食の献立だった。

「乳製品はまだ要塞村で用意できませんが、それ以外のホウレン草をはじめとした野菜類に魚はここで収穫された物ばかりです」

「いいね。まさに要塞村シチューだ」

「寒い夜にはピッタリのメニューね」

トアとエステルも待ちきれないといった感じだ。

すると、そこへ、

「わあ、おいしそうな匂いですね」

「何この匂い⁉　めちゃくちゃおいしそうじゃない！」

ジャネットとクラーラが鍋の近くにやってきて、シチューに興味を持つ。

「フォルの新作料理だよ」

「いいですねぇ……私もいただいていいですか？」

「あっ！　私も食べたい！」

「もちろん」

トアからＯＫが出ると、ふたりは早速シチューが盛られた皿を手に取り、口にしてみる。

「ああ～……このクリーミーな感じ……たまらない」

「何より体の芯からポカポカするわね～」

シチューに感激するふたり。その声を聞いたジンやゼルエス、さらにローザやシャウナと要塞村を支える者たちも集まって来た。

「今日はあったかいクリームシチューですよ」

「「「クリームシチュー!?」」」

トアから献立を聞いた四人はすぐさま皿を受け取り、シチューを盛っていく。

そして一口食べた途端、うっとりとした表情で唸る。

「魚もいい感じに柔らかくてうまいのぅ」

「ホウレン草もおいしいな。……そしてなにより――」

「「「あったまる～♪」」」

この大好評を聞きつけた村民たちが、続々とシチューを求めて詰めかける。その味と夜の冷え込みを吹っ飛ばす心から温まる料理に、村民たちは大満足だった。

「よかったな、フォル」

「ありがとうございます、マスター」

こうして、フォルの考案した要塞村特製シチューは大好評となり、要塞村の冬の名物として長らく語り継がれることとなるのだった。

シチューパーティー終了後。
自室へ戻ろうとしたトアを呼び止める声がした。

「トア」

声の主は、幼い頃から聞き慣れたエステルのものだった。

「エステル？　どうしたの？」

「あー……えっとね。ちょっと渡したい物があって」

「渡したい物？」

「うん。これなんだけど……」

エステルがトアに渡したのは小さな紙袋。

その中に入っていた物は手袋とマフラーだった。

「それね……私が作ったの」

「えっ⁉　エステル、編み物をしていたのか？」

「う、うん。ローザさんに教わりながら、少しずつ」

「凄(すご)いなぁ……あ、もしかして、あの約束のヤツ？」

「⁉　トア、覚えていたの⁉」

トアの言う約束というのは、ふたりがまだシトナ村に住んでいた頃にしたものだった。

「シトナ村の冬はここみたいによく雪が積もるところだったからな」

「そんな環境なのに、トアったら手袋を失くしちゃって怒られてたよね」

「そ、そうだったな。……それを見かねたエステルが『今度は私が作ってあげる』って言ってくれたんだよね」

エステルはその時の約束を覚えていたのだ。

「嬉しいよ、エステル。つけてみてもいいかな？」

「ど、どうぞ」

「どれどれ——うん！　あったかいよ、エステル！」

「よ、よかった……」

ホッと胸を撫で下ろすエステル。

「……まあ、これは小さい頃から約束してたことだから、ノーカウントだよね」

「えっ？　何？」

「ん？　クラーラに押し倒された時、トアは凄く嬉しそうにしていたなぁって思っただけよ」

「う、嬉しそうにしてたかな？」

「してたわよ」

トアとエステルはお互いに笑い合う。

「俺もお返しをしないとな」

「いつもお世話になっているお礼も兼ねているんだから、いいわよ」

「いや、でも」

「いいから。お返しってわけじゃないけど……これからも今のままのトアでいてね」

「？　もちろん。俺は変わるつもりなんてないよ」

「それを聞いて安心したわ」

エステルは「ふふっ」と小さく笑う。

手にしたエステルからの贈り物を胸に抱き、トアはその願いを生涯忘れないように固く誓うのだった。

第五章　双子エルフの使者

セリウス王国北西部には大きな森林が広がっている。

その森はキシュト川によって三つに分断され、その一部——最大面積を誇る森は、かつて屍の森と呼ばれており、現在は要塞村の影響もあってこれまでほどハイランクモンスターの姿は見られなくなった。

その次に広大な面積を誇る森はオーレムの森と呼ばれ、世界に数十ヵ所あるエルフ族の自治区である。

そして残された最後の森。

キシュト川によって分断された三つの森の中でもっとも小さなその森の中を、顔が似たふたりの少女が歩いている。

双子のエルフ——メリッサとルイスだ。

「もうちょっとで屍の森へ入るわね」

勇ましく言う妹のルイス。

「うぅ……本当に行くの？」

ハイランクモンスターの存在に怯える姉のメリッサ。

「当然でしょ。でなくちゃ、あの人のもとへたどり着けないわ」

「それは分かっているけどぉ……」

ふたりが捜しているあの人とは、かつて同じ森で過ごし、今は屍の森にいるはずのクラーラのこと。メリッサとルイスは、クラーラにあることを伝えたくてずっと捜していたのだ。

「大丈夫よ。お姉ちゃんは私が守るから。回復魔法でのサポート、お願いね」

「ま、任せて！　戦うこと以外ならできるから！」

さっきまで森が醸しだす怪しげな気配に恐怖していたメリッサは、妹ルイスのひと言で元気を取り戻す。それを見たルイスは「これだとどっちが姉か分からないわね」と小声で呟いた。ルイスは今でも実は自分が姉じゃないのかと密かに思っているのだ。

そんな会話を交わした直後、地面が大きく揺れだした。

「な、何？」

動揺するメリッサの視界の先に、揺れの正体が姿を現す。それは、巨大なイノシシ型モンスターであった。

「！　な、なんて大きさなの⁉」

ルイスは驚愕に目を見開く。

これまでも何体かモンスターを相手に戦い、勝利を収めてきたルイスだが、体長ゆうに五メートルはある巨体を持つタイプは初めての遭遇だった。

「これが……ハイランクモンスター……」

ゴクリ、と唾を呑むルイス。

屍の森には、こんなモンスターがわんさかいる。

いくら《大剣豪》のジョブを持つクラーラであっても、もしかしたら——そんな、嫌な予感がよぎった。

しかし、今はクラーラよりも自分たちの安全を確保しなくてはいけない。

どうやって、この場を乗り切るか、だ。

「くっ……こうなったら、やるしかないわ」

ルイスの選択肢は戦うことだった。

「私たちはクラーラさんに再会するまで、絶対に負けられないんだから！」

絶対に勝てない相手。

それでもルイスは自らを奮い立たせて剣を握る。

ルイスもまた、クラーラと同じく剣術を習っていた。

だが、《大剣豪》のジョブを持つクラーラとの力の差は歴然。

それでも、高い身体能力を誇るエルフ族だけあって、人間と比較すると並みの剣士では相手にならないくらいには強い。

スピードで翻弄し、少しずつ、だが確実にダメージを与えていく。

大まかだが、作戦を立て終えたルイスは剣を構え直した。

一方、目標を発見したイノシシ型モンスターは鼻息も荒く、一直線にルイスたちの方へ全速力で突っ込んでくる。

「ルイス！」

メリッサが叫ぶ。

だが、ルイスは退かない。

自分たちの住んでいる村の家屋に相当するサイズの巨大なモンスターを相手にするルイスは、その迫力に気圧されてはいけない、と自分を奮い立たせるように雄叫びをあげながら突っ込んでいった。

「ぶおおおおっ！」

突っ込んでくる巨大イノシシ型モンスターをすんでのところでかわし、軽快に身を翻すと、その腹部へ剣を突き立てる。

完璧に決まったと思ったルイスであったが、次の瞬間、ルイスの持っていた剣は「ガギン！」という音を立てて折れてしまった。

「そ、そんな⁉」

剣をも跳ね返す鋼鉄のボディを持つイノシシ型モンスター。

これはまったくの想定外だった。

「ぶおおおおおおっ‼」

戦闘の影響でさらに興奮したモンスターは、手ぶらとなったルイスへ突進してくる。

「あ……ああ……」

避けなくてはという意識はあるが、足が震えてまともに動かず、放心状態のあまりその場にペタンとしゃがみ込んでしまい、動けなくなる。

「逃げて！　ルイス！」

メリッサはなんとかルイスを救おうと走りだす。

だが、とてもじゃないが間に合わない距離だ。

万事休す。

死を覚悟したルイスはギュッと目を閉じた。

――が、その場に乱入してきた者がいた。

「わっっっっふぅぅぅぅぅぅ!!!!」

黄金色に輝くもふもふの尻尾を揺らしたその少女は、強烈な蹴りをモンスターの側頭部へと叩き込む。

凄まじい一撃を食らい、剣を折るほど硬いはずの側頭部がへこんだイノシシ型モンスターは白目をむいて、その巨体を地面へと横たえる。

「な、なんなの……」

「凄ぉい……」

五メートル級のモンスターをたった一撃で葬った少女に戦慄を覚えるルイスだが、姉のメリッサは蹴りを叩き込んだ少女へ憧憬の眼差しを向けていた。

「よくやったぞ、マフレナ！　金狼状態になってもしっかりと意思を保つことができているじゃないか！」

　そんなふたりの背後から、同じくもふもふの尻尾を持った中年男性が走り抜けていき、金色の少女を抱きしめた。

「わふっ！　やったよ、お父さん！」

「ああ！　見事だ！　さすがは我が娘！」

　親子のアツい愛情表現を前に、もう何がなんだか分からなくなった妹ルイス。とにかく、せめて現在地が知りたくて、目の前のもふもふ親子へ尋ねた。

「あの、お取込み中すみませんが」

「うん？　――おおっ⁉　これは珍しい！」

　もふもふ少女の父である狼の獣人族の男性は驚きのあまり声のボリュームがアップ。

　それは、少女たちがただ双子だからというわけではない。

「エルフは知っているが、双子とは珍しいな」

　このようなリアクションは決して初めてではないため、ふたりとも特に焦る様子もなく、落ち着いて現状把握に努めようとした。

　だが、ジンの娘であるマフレナが口走った言葉でその状況は一変することとなる。

「わふっ！　エルフ族といえば、うちの村にいるクラーラちゃんと同じですね！」

「「⁉」」

　ふたりはすぐさまマフレナへと詰め寄る。

「あなた！　クラーラさんを知っているんですか⁉」

「どこなんですか⁉　クラーラさんは今どこに⁉」

「わ、わっふぅ⁉」

ふたりのあまりの変貌ぶりにたじろぐマフレナ。ジンが仲介することでなんとか冷静さを取り戻すことができ、改めて質問をすることに。

「す、すみません、取り乱しました」

「とりあえず正気に戻ってくれてよかったが……君たちにとって、クラーラは特別な存在のようだね」

「クラーラさんは恩人ですから」

「私たちは故郷であるオーレムの森を出たクラーラさんにどうしても伝えたいことがあって、その行方をずっと追っていたんです」

「わふっ！　だったら私たちの村へ案内しますよ」

「い、いいんですか⁉」

突然のマフレナの提案に、ルイスは再び驚いた。

「いいですよね、お父さん」

「ああ。同郷の仲間が訪ねてきたと知ったら、きっとクラーラも喜ぶだろう」

ジンもルイスやメリッサが純粋にクラーラへの面会を希望していると判断し、村へ案内することに賛成したようだ。

「「ありがとうございます！　よろしくお願いします！」」

ルイスとメリッサは双子らしく、ピッタリと息の合ったお辞儀でジンとマフレナに感謝の言葉を述べたのだった。

ジンとマフレナの案内で要塞村へと辿り着いたルイスとメリッサの双子エルフは、驚きのあまり開いた口が塞がらなかった。

まず、種族構成があり得ない。

自分たちと同じエルフ族は今のところ確認できないが、銀狼族、王虎族、ドワーフ族、大地の精霊、なぜか言葉を話すモンスターたち――などなど、滅多にお目にかかれない種族が当たり前のようにあちこちを歩き回っている。

「わふっ？　ここにはいないみたいですね」

「トア村長のところに行っているのかもしれないな」

「ト、トア村長……？」

これだけの伝説的種族をまとめあげている村長――それはきっととんでもない、それこそ神に等しい存在なのだろう。

ルイスは若干の恐怖を覚えたが、姉のメリッサは激レア種族たちを前に子どもみたいにはしゃいでいた。

「お姉ちゃん……少しは落ち着いてよ」

「だってだって！　凄いよ、ここ！」

興奮気味に村の様子を眺めているメリッサを尻目に、ルイスは高鳴る鼓動を抑えようと手を胸に当てながら村長と思しき人物を探していた。

「一体誰なのかしら……」

風格漂う王虎族のリーダーか。

若さと勇猛さを併せ持つドワーフ族のリーダーか。

それとも、昼間から上機嫌で酒を飲み、銀狼族の女子にセクハラをしている黒蛇族の残念な美人か。

「……あれはないわね――って、黒蛇族⁉」

シャウナの姿を見たルイスがたまらず大声を出す。

「ルイス、いきなりどうしたの？」

「ど、どうしたって、あそこにいるのは間違いなく黒蛇のシャウナ様よ！　あの伝説の八極のひとりなのよ！」

「えっ⁉　ホント⁉」

ふたりはキャーキャーと騒ぎながらシャウナに声をかけていた。

「おや？　クラーラ以外のエルフ族とは珍しいな」

「わ、私たち、クラーラさんの友だちで……あ、あの、あなたは八極のひとり、黒蛇のシャウナ様ですよね⁉」

「おや、知ってくれているとは嬉しい」

「は、八極は英雄ですから！」

ルイスは興奮のあまり声が裏返った。

「そうだったのか。八極に会いたいのなら、あちらに枯れ泉の魔女もいるぞ」

「⁉　枯れ泉の魔女——あのローザ・バンテンシュタイン様が⁉」

シャウナだけでなく、ローザまでもがこの村にいることを知り、テンションがピークに達するルイス。

そんなルイスに、シャウナはずいっと顔を近づけた。

「……それにしても、なるほど。どうりでふたりとも可愛いわけだ」

シャウナは慣れた手つきでルイスの顎に手を添える。

「ちょっ⁉」

「ははは、反応まで可愛いんだな」

パッと手を離し、シャウナはイタズラっぽく笑う。

「クラーラを捜しているようだが、あいにくと私は姿を見ていないな」

「しょ、しょうでしゅか……」

あまりの出来事に呂律が回らないルイス。

その時、背後からマフレナに声をかけられる。

「ルイスちゃん、メリッサちゃん、クラーラちゃんはトア様の部屋にいるみたいですよ！」

モンスター組からクラーラの居場所を聞き、その結果を報告しにきたのだ。

「そのトア様というのが村長なのですね？」

「そうですよ♪」

「分かりました。――案内をしてください」

覚悟を決めたルイスは姉のメリッサを引き連れ、クラーラと再会するためトアの私室を訪れることにした。


私室でトアはクラーラにエステル、そしてフォルの三人とゆったり昼食を楽しんでいた。ちなみに、ジャネットは徹夜明けということで本日の日中は部屋で熟睡している。

談笑しながらおいしいランチを食べていると、誰かが部屋のドアをノックした。

トアはノックに反応し、部屋のドアを開ける。

外にいたのは、時間的にまだ狩りに出ているはずのマフレナだった。

「マフレナ？　今日は随分と早い帰りだったね」

「森でトア様に会いたいという方がいたので連れてきました！」

「森って……屍(しかばね)の森で？」

「はい！」

「あ、あの、私たちが会いたいのはクラーラさんなので」

マフレナの横に立ち、そう否定したルイスの顔を一目見て、トアは長い耳の存在に気づく。その外見の特徴から、来訪者の少女ふたりがエルフ族だと察した。

一方、室内にいたクラーラも聞き覚えのある声に反応してドアの方へと視線を向ける。

そして、懐かしい顔に思わず声をあげた。

「ルイス!? それにメリッサまで!?」

「「っ!? クラーラさぁぁぁぁぁん!!」」

室内にクラーラがいるのだと気づいたふたりはトアを押しのけて中へと入り、クラーラと熱い抱擁を交わす。

「クラーラ様のお友だちでしたか」

「そうみたいね。それもかなり仲がいいみたい」

「……妙ですね」

「何が？」

「エルフ族が故郷の森を出るというのは余程のことです。クラーラ様みたいにお茶目（ちゃめ）な粗相をしてしまい、追放処分になってしまった者は別ですが」

「悪意がなかったとはいえ、ジョブの力で長の家を全壊させたのは、お茶目で済まされないと思うけど……」

クラーラとしては忘れたい過去だが、森を追いだされた理由はそれしかないのでどうしても付きまとってしまうのだ。

だが、そうなると目の前にいる双子のエルフもまた、同じように罪を犯して森を追いだされた者かもしれない。そう思うと、フォルとエステルは自然と警戒モードに移り、いつでも攻撃ができるよう、体勢を整える。

一方、クラーラはそんなふたりの心配をよそに、ただただ再会を喜んでいた。

「久しぶりじゃない！　どうしてここに？　というか、よく森から出られたわね！　……もしかして、私みたいに何かやらかした？」

「い、いえ、違います！」

「私たちは大事な用件をクラーラさんに伝えるため、森から派遣された使者なんですよ」

我に返ったのはルイスの方が先だった。

その後で、メリッサも続く。

「一体何を伝えに来たって言うの？」

「それはですね……」

クラーラから一旦離れて落ち着いたルイスは、わざとらしい咳払いをひとつ挟んでから、真面目な顔つきで語った。

「クラーラさん！　どうか落ち着いて聞いてほしいです！」

「な、何よ、改まって」

「先日、クラーラさんのお父様であるアルディ様が、オーレムの森の新しい長に就任することが決定したんです」

「⁉　パパが新しい長⁉」

大声をあげて驚くクラーラ。その後ろで話を聞いていたトアたちも驚いていた。

ジャネットにガドゲルが、マフレナにジンがいるように、クラーラにだって当然父親が存在している。だが、これまでほとんど話題にあがったことはなかったため、改めて存在を示されるとちょっと違和感があった。

だが、メリッサとルイスの様子を見る限り、どうもただ父親の長就任を伝えに来たというだけではなさそうだ。

神妙な面持ちのルイスがゆっくりと口を開く。

「非常に言いにくいんですけど……実は、クラーラさんのお父様が病を患い、意識不明になってしまったんです！」

「えっ⁉」

次の瞬間、クラーラの顔は困惑の色に染まった。

「そんな……」

クラーラはがっくりと項垂れ、脱力。

エステルとマフレナが支えてようやく立っている状態だ。

「これは……一大事だぞ、フォル」

「そうですね。これはさすがに僕も茶化すようなマネはできません」

「すぐに各種族の代表を円卓の間に呼んでくれ」

「分かりました」

急を要する案件だが、相手が他種族との交流を拒むエルフ族となったら、慎重な判断も必要になってくる。

なので、トアは緊急の種族代表会議を開くことにしたのだった。


クラーラの父・アルディが病に侵され重体。

この衝撃的な一報は、あっという間に要塞村の隅々まで行き渡り、誰もがその安否を気遣っていた。

村長であるトアは、危険な旅路と知りながらもアルディの娘であるクラーラに事態を知らせるために旅を続けてきたルイスとメリッサへ部屋を用意し、とりあえず、この日は要塞村で過ごすようにと提案をした。

さすがに事態が事態なので、いつもは明るく陽気で騒ぐことが大好きな村人たちも歓迎会は自重する流れとなり、しんみりとした空気が要塞村を包んでいた。

「大変だったね」

「い、いえ、これくらいなんともないですよ」

「そ、そうです。クラーラさんにアルディ様の容態を一刻も早く知らせなくてはと必死でしたから……」

双子のエルフはどちらも慌てた様子でそう言った。

しばらくすると、円卓の間に各種族の代表者たちが続々と集結。

メリッサとルイスからより詳しい事情を聞くため、この円卓の間で緊急の対策会議が開かれたのだ。

「揃(そろ)ったみたいだね」

トアは円卓の間に集った者たちの顔を見回す。

銀狼族のジン。

王虎族のゼルエス。

精霊族のリディス。

オークのメルビン。

ドワーフ族のジャネット。

そしてエルフ族のクラーラ。

さらに八極からローザとシャウナのふたりにエステル、フォル、ジンの補佐としてマフレナが加わった。

「…………」

そうそうたるメンツを前に、妹のルイスは緊張気味。対照的に、姉のメリッサは八極のふたりへ熱い視線を送っていた。

「ともかく、ご家族が倒れたとなったからには、会いに戻った方がいいのでは？」

切りだしたのは王虎族のゼルエス。それにジャネットが続く。

「そうですね。……私も父が倒れたと知ったら、きっとどこにいても戻っていきます」

「引きこもっていた時とはえらい違いじゃゃな」

「い、いいじゃないですか、別に」

ローザからのツッコミに顔を赤らめるジャネット。

初めて鋼の山を訪れた際、ジャネットは反抗期の真っ只中で、父親との関係はお世辞にも良好とは言えなかった。

しかし、それも要塞村での生活をきっかけに落ち着きを見せ始めている。

だからこそ、ジャネットは素直にそう思えたのだ。

そんなジャネットの横に座るジンが口を開いた。

「だが、クラーラは確か追放処分を受けた身……その辺は大丈夫なのか？」

「ええ。さすがに身内に何か起きた場合は特例になります」

「なので、私たちで迎えにきたんですよ！」

とりあえず、クラーラが村へ戻ること自体に問題はなさそうだが——肝心のクラーラは先ほどから黙ったまま。

きっとショックを受けているのだろうとトアが心配していると、それまでずっと言葉を発しなかったクラーラが顔を上げた。

その顔に悲壮感や焦燥感は感じられない。

むしろ何かを決意したような、力強い意思を感じさせるものであった。

「クラーラ……」

「大丈夫よ、トア」

そう言って、クラーラは控えめな声量で双子エルフの妹・ルイスに尋ねた。

「ルイス。パパの容体を詳しく聞かせてくれる？」

「はい。いつもの豪快さは鳴りを潜め、とても苦しそうでした。今もご自宅で療養しているはずです」

「そう。……ねぇ、メリッサ」

「はい！」

「私が村にいた頃、パパがいつもやっていたあの激しい筋力トレーニングは、今もしっかり続けているの？」

「もちろんです！　私たちが村を出るその日もみっちり鍛えていましたよ！」

クラーラの策略にハマったメリッサがあっさりとボロを出した。

「ちょっ⁉」

「どういうことじゃ？」

「先ほどの話とは嚙み合わないな」

八極ふたりの眼光が鋭くなる。

その横では、クラーラが「はあ、やっぱりね」とさっきとはまったく異なるテンションで項垂れている。

一方、未だに事情を呑み込めないでいる要塞村の住人たちからは「どういうことなんだ？」という困惑の声があがった。

「そ、それじゃあ、クラーラのお父さんが病に倒れたっていうのは……嘘？」

代表してトアがメリッサに問う。

「えっ⁉　なんでバレちゃったの⁉」

当のメリッサは先ほどのやりとりで嘘が発覚したことに気づいていないようだった。それよりも村人を驚かせたのがクラーラの頭脳的な誘導であった。

「あのクラーラが見事に誘導してみせたな」

「明日は大雪ですね」

「雪で済めばいいが……」

「失礼ね！　私だってやる時はやるわよ！」

ローザ、フォル、ジンから何やら含みのある視線を送られたクラーラは猛抗議。

一方、事態を把握したメリッサとルイスはここまでかと観念した様子で、大きく息を吐いてから真相を語り始めた。

「「申し訳ありませんでした！」」

まずは深々と頭を下げて謝罪の言葉を述べる。

「お気づきの通り、私たちは嘘をついていました」

まずは姉のメリッサが嘘を正式に認める。

「これもすべては大好きなクラーラさんにオーレムの森へ帰って来てもらいたいがためのことなんです。それに、病気とまではいきませんが、アルディ様がずっと元気がないというのは間違いありません」

続いて、妹のルイスが「クラーラに戻ってきてもらいたい」、「アルディの元気がない」という嘘をついた理由について説明した。

その点についてはトアも疑ってはいない。

クラーラがふたりと再会した時の反応を見るに、なんとか戻ってきてほしいという願いは本心からだろうし、もうひとつの父・アルディに関する話も本当だろう。

何せ、この要塞村には前例があったから。

「娘を心配するあまり元気をなくす……どこかで聞いたような話じゃな」

「いやまったく」

「……こっち見ないでもらえますか？」

ジャネットは、ガドゲルの親バカぶりを思い出したローザとフォルから含みのある視線を送られていた。

「アルディ様は元々クラーラさんの追放処分に納得いっていない様子でした」

「クラーラさんがいなくなってから、生活荒れていたもんね」

「まったく……何をやっているのよ、パパは」

大の大人が、まだ若いふたりのエルフ少女にここまで心配をかけるなんて、とクラーラは頭を抱えた。

しかし、クラーラの表情は暗いものへと変わっていた。

それからしばらくの間、何かを考えるように俯いていたクラーラであったが、急に顔を上げたかと思ったら気合を入れるように頬をパチンと両手で叩き、トアへと向き直る。

「ねぇ、トア……お願いがあるんだけど」

「いいよ」

「まだ何も言ってないわよ⁉」

「村へ戻るんだろう?」

「うっ！　……うん」

トアに先を越されたことが釈然としないのか、クラーラは叩いた頬を膨らませて拗ねたような態度を取る。

その時、それまで黙って話を聞いていたローザがポツリと呟いた。

「オーレムの森か……いや、懐かしいな。あそこの元長老とは知り合いじゃが、さすがにもう引退したか」

「えっ⁉　ローザさん、元長老と知り合いだったんですか⁉」

目を見開いて驚くクラーラ。

オーレムの森のエルフの中でも特に人間嫌いで有名だったので、ローザと知り合いというのが信じられなかったのだ。

「百年前の帝国との戦争が終わり、この辺り一帯の森の一部がエルフ族の自治区になったという話を聞いて、一度訪問したことがある。というか、お主の父親のアルディもよく知っておる。のぅ、シャウナ」

「うむ。懐かしいな。彼は帝国との大戦時、エルフ軍の総指揮官を務めていたほどの猛者だったから、印象に残っているよ。というか、まさかクラーラがアルディ殿の娘だったとは……なぜ今まで気づかなかったのだろう」

その話を聞いて一番大きな反応を示したのはルイスだった。

「で、でしたら、おふたりも是非オーレムの森へいらしてください！」

思わぬ提案に、円卓の間に集まった代表者たちはざわつく。

代表として、トアがルイスへ質問をする。

「だけど、エルフ族といえば他種族との交流を避けて、自治区になっている森で静かに暮らしていると聞いたけど……」

「トア村長のおっしゃる通り、エルフ族は古来他種族との交流を避け、閉鎖的な社会を築いてきました。ですが、百年前にあった帝国との大戦をきっかけに、それを見直す動きが出てきたのです」

「人間との戦争で他種族との交流を考え直すとは……皮肉なものじゃな」

「まったくだね」

実際に大戦で帝国と戦ってきたローザとシャウナは複雑な心境のようだ。

「特に、新しく長になられたアルディ様は、積極的に他種族との交流を増やしていこうとお考えになっています」

「だから、そのアルディ様の娘であるクラーラさんが、こんなにたくさんの種族が一緒に暮らしている要塞村にいるというのは、なんだか運命を感じるんです」

「メリッサ……」

それはクラーラも内心感じていることではあった。

トアと出会い、そこから広がっていったさまざまな種族との交流。クラーラにとって、それはかけがえのないものとなっていた。

オーレムの森で暮らしていたままでは味わえない経験をしてきたクラーラ。

まだ誰にも言っていないが、実は、いつの日か要塞村と故郷の森が友好関係で結ばれたらいいなと思っていたので、父アルディの目指す他種族交流は大いに賛成だったし、メリッサの言う通り、運命めいたものを感じる。

交流できるのは人間だけではない。

「わふっ！　クラーラちゃんの故郷ならば、私も是非行ってみたいです！」

「エルフ族の住む森ですか……興味をそそられますね」

銀狼族のマフレナとドワーフ族のジャネット。

どちらもエルフ族ほどではないが、他種族との交流が比較的少なかった種族である。

今や要塞村にすっかり馴染(なじ)んでいる彼女たちの存在が、クラーラのそうした考えを後押しするものとなっていた。

「私も行ってみたいな。エルフ族にしか使えない回復魔法もあるみたいだし、《大魔導士》として関心があるわ」

「あ、その魔法でしたら、私使えますよ？」

「本当!?」

エステルとメリッサについては早くも打ち解け始めていた。

この村では当たり前の光景も、エルフ族にとっては新鮮な光景だ。現に、ルイスは仲良く話している姉とエステルに視線が釘付(くぎづ)けとなっている。

そのルイスにも、早速交流の機会が。

「ルイスさん、その剣を見せてもらっていいですか？」

「えっ!?　あ、ど、どうぞ」

巨大イノシシ型モンスターとの戦闘で折れたルイスの剣。ジャネットはエルフ族の技術力を知りたいと、それを手に取っていろいろと調べ始めた。

「これならうちの工房で直せそうですね」

「っ！　ほ、本当!?」

もう使えないとあきらめかけていたため、ジャネットの言葉を聞いて笑顔になるルイス。ここにも、しっかりとした交流が生まれていた。

一方、トアはオーレムの森へ向かうメンバー決めを行っていた。

「オーレムの森は鋼の山よりも遠いですからね。長丁場になるなら、調理担当の僕は留守番をしていますね」

「本場エルフ美少女たちの麗しい姿を拝めないのは非常に残念だが、私も村へ残っていた方がよさそうだ。いくら向こうが交流を望んでいるとはいえ、いきなり大所帯で行くのはよろしくないだろう」

同行を希望する者がいる一方で、要塞村をガラ空きにしておくわけにもいかないと、フォルやシャウナは留守番役に名乗りをあげた。

クラーラの父親が病に倒れたというきっかけで始まった円卓の間での会議。最初こそ、重い空気になっていたが、今ではすっかり双子エルフ姉妹との交流会という形になり、とても盛り上がっていた。

その光景を、クラーラは少し離れたところから眺めていた。

表情にどこか影があるように目に映ったトアは、クラーラに声をかけた。

「クラーラ……」

「何？」

「ああ、いや……大丈夫かなって」

「別に怒っているわけじゃないし……むしろ、メリッサとルイスのふたりにはちょっと感謝しているくらいよ」

実を言うと、クラーラは最近ホームシック気味だった。

要塞村での生活に不満はない。むしろ追いだされた身である自分にとって、今の楽しくて賑やかな日々は望外な幸せと言っていい。

それでも、故郷への想いはやはり忘れがたいものがある。

百年間の追放処分。

エルフの寿命からすればそこまで長い期間ではないのだが、その百年が過ぎるよりも前に、間違いなくトアとエステルはこの世からいなくなるだろう。

それを想像したら、たまらなく寂しかった。

生まれて初めて長寿であることを恨んだ。

もし、トアとエステルがいなくなってしまったら、きっとクラーラは要塞村へ居続けることが難しくなるだろう。そうなったら、いずれは要塞村を離れ、故郷であるオーレムの森へ帰るという選択肢も出てくる。

――楽しい思い出のたくさん詰まった村に残って生きていくには、あまりにもふたりの存在が大きすぎた。

「私だって……たまには家族の顔も見たくなるわよ」

「そうだな。――行こうか、オーレムの森へ」

「ええ。……トアも来てくれるわよね？」

「もちろん」

「よかった。それを聞けて安心したわ」

それまでの暗い表情から一変し、いつもの笑顔を見せるクラーラ。

こうして、オーレムの森行きは決定したのだった。

◇　◇　◇

その日の夜。

遥々（はるばる）やって来たクラーラの友人たちを歓迎する大宴会が開かれた。

最初は自粛ムードであったが、アルディが病気でないことが分かると、すぐさま宴会の準備に取りかかる。宴会好きの多い、要塞村の面々だけあって、宴会絡みのフットワークは尋常でない軽さであった。

料理はいつも通りフォルが担当。

各種族の奥様方も協力し、たくさんの料理が並んでいた。

「わあっ！　これが要塞村の料理なのね！」

ポピュラーな料理から、さまざまな種族の伝統料理まで、ルイスがこれまで見たこともないような料理の数々がテーブルを彩っていた。

「こ、これ、食べていいんですか？」

「ああ、好きなだけ食べてくれ」

「は、はい！　うわぁ……何から食べよう……」

無邪気な笑顔で料理を品定めするルイス。

しかし、姉のメリッサの姿がなかった。

「あれ？　ねぇ、ルイス。メリッサはどうしたの？」

「えっ？　ついさっきまでそこにいたのに……」

トアとルイスが周囲を見回すと、メリッサはすぐに見つかった――が、どうにも雰囲気がおかしい。

その原因は、メリッサと対峙（たいじ）するように立つフォルにあった。

ふたりの間には横で呆（あき）れたように腕を組んでいるクラーラと、苦笑いを浮かべるエステルにマフレナがいる。さらにギャラリーとして多くの村民がふたりを見守っていた。

トアはこそこそっとクラーラの横へ移動し、ここまでの経緯を聞くことに。

「ふたりの間に一体何があったの？」

「……お互い、意地があるみたいよ」

「意地？　なんの？」

クラーラはため息をひとつ挟んでから説明する。

「メリッサは料理が得意なの。私やルイスが外で剣術の修行をしている頃、メリッサは家で料理の修業をしていたの」

「ああ……なるほどね」

そこまでの説明で、トアは大体の事情を察することができた。

「メリッサが『私も料理得意なんですよ』とか言ったのかな」

「フォルは『僕の中にある料理人魂が！』とか言っていたわ」

「……元は戦闘用の甲冑兵だよね？」

だが、最近ではすっかりその認識も薄れつつある。今やフォルは要塞村のなんでも屋というポジションを確立していた。

しかし、その中でも特に力を入れているのが料理だった。

フォルが以前から料理に対して並々ならぬこだわりを持っているというのはなんとなく分かっていたが、今回のように誰かと張り合うようなマネは初めてだ。

「では私はこのニンジンを使わせてもらいます！」

「ならば僕はこちらのカボチャでいきます！」

山積みにされた食材の中から互いにチョイスし終えると、いよいよ調理を開始。

溢れる熱意と素晴らしい手際に、村民たちは惜しみない拍手を送った。

「フォルが料理好きというか、得意なのは知っていたけど……なんでまたメリッサと勝負形式になっているんだ？」

「……今回ばかりはフォルの気持ちがちょっとだけ分かるわ」

珍しく、クラーラはフォルの行動に共感しているようだ。

「自分よりも実力が上かもしれない相手と剣を交えるのって凄くワクワクするのよね。自分の技がどこまで通用するのか。限界を知れるというか、成果を確認できるというか……とにかくいろんな感情が渦巻くの！」

「そ、そうなんだ……つまり腕試しってことなのかな？」

分かるような分からないような。

フォルが誰かに対抗意識を燃やすというのは前例がない。

いつも適度にクラーラをはじめとする女子陣をいじり、みんなの手助けをしながら今日まで村の発展に貢献し続けてくれている。

そんなフォルがライバル心を抱き、得意の料理でメリッサに勝負を挑む。

本当に、クラーラが言った通り、自分よりも優れている人物へ自らの腕を試すように勝負を挑むその姿勢はまるで――

「人間と変わらないな……」

トアは小さく呟く。

甲冑そのものであるフォルの表情に変化はない。だけど、今のフォルは心からこの勝負を楽しんでいるとトアは感じ取った。

これまでのフォルにはない変化。

今回の勝負――それは甲冑に刻み込まれた魔法文字によって促される行動ではなく、フォルという「個人」が望んだ結果だとトアは思った。

誰かの言う通りに動くことはあっても、自発的に動くことは少なかったように思う。

そのフォルが、自ら望んで勝負を挑む。

それは言ってみれば成長なのかもしれない。

「完成しました！　ニンジンをふんだんに使用したケーキです！」

「こちらも完成しました！　クリーミーなカボチャのプリンです！」

同時にデザートが完成し、それに合わせて歓声が沸き起こる。

その後、奥様方が呼んできた子どもたちも交えて実食が行われた。

どちらのデザートも子どもが嫌う野菜臭さや食感もなく、甘くて舌触りも良いデザートとして高評価を得た。

それをきっかけに、メリッサは各種族の奥様方や子どもたちと親しくなり、妹のルイスは豪快な食べっぷりからおじさん組や若者たちと仲良くなった。

結局、突発的に始まったフォルとメリッサのデザート対決は、引き分けという形で幕を閉じたのだった。

「さすがですね、メリッサ様」

「フォルさんこそ、このプリンとってもおいしいわ」

勝負を終え、固い握手を交わすふたり。

その後、宴会騒ぎが再燃。

盛り上がる大人たちをかき分けて、トアはフォルへ声をかけた。

「満足したかい、フォル」

「マスター……お気づきでしたか」

穏やかな声色で、フォルが言う。

「俺は君のマスターだぞ？　それより、メリッサとの勝負は楽しめたようだね」

「申し訳ありません。マスターであるあなたの指示を仰がずにこのような勝手なマネをしてしまって……」

「問題ないよ、フォル。俺は君のマスターってことになっているけど、自分の思うままに生きて全然構わない。むしろ、俺としてはそっちの方がいいかな」

「……寛大な御言葉に感激を禁じ得ません」

フォルは少し間を空けたあとで、こう告げた。

「あなたをマスターにして心からよかったと思っています」

深々と頭を下げたフォル。

トアは「そんなかしこまらなくても」と焦り、クラーラは「何？　どういうこと？　私にも分かるように説明しなさいよ！」と叫んでいた。

その後もエルフ族ふたりの歓迎会は夜遅くまで続いたのだった。

◇　◇　◇

宴会明けの早朝。

この日は朝早くからオーレムの森へ向かう者たちが集まっていた。

ちなみにそのメンツはトア、クラーラ、エステル、ジャネット、マフレナ、ローザの六人となった。

次なる問題は移動手段であった。

ルイスたちの話ではオーレムの森から歩いて結構な日数がかかったという。

さらに厄介なのが、地図を紛失しており、しかもここへたどり着くまでの正確な道順を覚えていないという点だった。

オーレムの森はエルフ族の自治区であり、セリウス王国とは不可侵条約を結んでいる。

そのため、集落まで続く道などは整備されておらず、また、その詳しい場所についても正しく記載されている書物などは人間側にほとんど行き渡っていない。

なので、トアたちも詳しい森の位置については知る術がなかった。

しかし、意外なところから解決策が飛んでくる。

「移動についてはワシに任せておけ」

そう言ったのはローザであった。

「地図があるんですか？」

「いや、ない。じゃが、策はある」

「策？」

「うむ。こいつがいれば、フェルネンドへもすぐにひとっ飛びじゃ」

「！　そんな凄い策があるんですか⁉」

「任せておけ」

　ニヤリと笑うローザ。その顔はいつもと変わらぬ自信に溢れていた。

「それで、その移動手段ってなんですか？」

「飛ぶっていうくらいだから大きな箒とか？」

「惜しいのぅ、クラーラ。まあ、待っておれ。さっき呼びだしたからそろそろ――お？　来たようじゃな」

　小さな顔を空に向けていたローザが目を細める。

　その視線の先には青空が広がっていた。

　なんの変哲もない快晴の空――と思っていたのだが、よく目を凝らして見ると、透き通る青に一点の黒が。

「あれは……」

　空に現れた黒い点は徐々に大きくなっていき、地上へと降り立つ。

「クエェェェェッ!!!!」

雄叫(おたけ)びをあげて大地に足をつけたその生物は巨大な鳥であった。

「巨鳥ラルゲ……ワシの使い魔じゃ」

「こ、こいつに乗っていくんですか？」

「もちろん。その方が早く着くじゃろ」

何事もなくラルゲの背中へと登っていくローザ。

「ほれ、早く乗らんか」

とりあえず大人しい性格のようなので乗ってみることに。

「お？　おお……」

思いのほか乗り心地はいい。

トアの反応を見て、他のメンバーもラルゲの背中へと乗り込んでいく。ラルゲはその見た目とは裏腹にとても大人しく、途中、特に暴れたりもしなかったので、全員がすんなりと背中へ乗り込むことができた。

これで、準備完了。

「では、行くとするか」

ローザがラルゲに話しかけると、その大きな翼を広げてゆっくりと大空へ舞い上がる。

「うおっ⁉」

「わふっ！　凄いです！」

「空を飛ぶってこういう感じなんですね！」

まるで自分たちが鳥になったかのような感覚に、トアたちは大興奮。
快晴の青空を引き裂くように飛んで目指す先は——オーレムの森。

閑話　プレストンの目論見

フェルネンド王国ではオーレムの森へ進撃する準備を着々と進めていた。

その目的は、オーレムの森の戦力を聖騎隊に加えること。

セリウス王国への侵攻作戦は、先遣隊がダルネスに偶然居合わせた謎の勢力によって全滅させられたことで失敗。その際、聖騎隊への不信感を募らせていた者が大勢去り、深刻な人材不足に悩まされる。

抜けた人員の穴を埋めるため、これまでは養成所を出た者だけに限定していた入隊条件をなくして兵士の確保を優先させた。

それでも人が足りず、困り果てたフェルネンド王国が次に目をつけたのがオーレムの森の戦力であった。

オーレムの森はセリウス王国とフェルネンド王国の国境をまたいで存在している。しかし、そこはエルフたちの自治区としてどちらの国とも不可侵条約を結んでおり、ザンジール帝国との戦争終結後は主だった交流は皆無だった。

しかし、百年前の大戦で、人間側はエルフ族の高い身体能力と優れた知能を目の当たりにしている。

ゆえに、戦後、自分たちの国の軍事力に加えようと画策する国は少なくなかった。

だが、それを目論み、エルフの住む森へ近づこうとした国は次々と滅亡の道をたどっていったとされている。

やがて、まことしやかにある噂が流れ始めた。

エルフの森を守る黒い死神の存在。

八極にも名を連ねているその者が陰から森を守っている、と。

むろん、フェルネンド王国にもそれは伝わっている。

だが、追い込まれている今の状況を打開するため、その危険を冒してでもオーレムの森の兵士たちを取り込もうと決断。

ひとりひとりのポテンシャルでは到底敵わないが、数では聖騎隊が圧勝している。

数の差で押し潰そうというのだ。

そのための大軍勢が、ディオニス・コルナルドの手によって編制されつつあった。

「くそっ！　この本にも載ってぃねぇ！」
プレストンは怒りに任せて、手にしていた本を聖騎隊本部にある資料庫の床へと力いっぱい叩きつけた。

その態度の悪さを、養成所の一年後輩であり、同じく調べ物をしていたミリア・ストナーが咎めた。

「先輩、イラつくのは分かりますけど、物に当たるのは最高にダサいですよ」

「うるせぇ。大体、おまえはこんなところにいていいのかよ」

「？　どういうことですか？」

「サボっている俺が言うのもなんだけどよぉ、今聖騎隊はエルフたちのいる森へ侵攻するための決起集会をやっているだろ」

「そうですね」

「おまえの親父が演説やってるだろ。見なくていいのか？」

「その必要はありません。お父様のお小言なら、家で飽きるほどたくさん聞いていますので」

「……そうかよ」

大きくため息を漏らしたプレストンはそのまま近くのソファへと仰向けとなる。

「あいつの——トア・マクレイグのジョブは、断じて《洋裁職人》なんかじゃねぇ……絶対に神官が見誤ったんだ」

たまらず、プレストンはそう漏らした。

ふたりが見ていた資料には、これまでに適性職診断によって発覚しているジョブがすべて書かれていた。詳しい能力の解説やそれを与えられた人物がどのような生涯を送ったのかなど、さまざまな情報が記されている。

ダルネス侵攻の先遣隊に抜擢されたプレストンは、そこを通過点にして聖騎隊内での自身の地位をより高みへと押し上げるつもりだった。

しかし、その野望はトア率いる要塞村の面々によって打ち砕かれる。

適性職診断でトアが《洋裁職人》となった時、プレストンは他の同期たちと同じくバカにして笑っていた。

それに対し、《槍術(そうじゅつ)士》という理想的なジョブを得たプレストンは、その日から聖騎隊の中でも注目の的となった。

さらにプレストンを後押しする出来事が起きる。

養成所時代はトアやクレイブに成績で劣っていたプレストンだが、戦闘に役立たないジョブを得て、それをきっかけにトアは国を出た。そのトアを追って、《大魔導士》として戦果もあげていたエステルが聖騎隊を去っていった。それだけでなく、クレイブとその仲間たちまでもが国を出ていった。多くの有望株を失った聖騎隊にとって、プレストンは数少ない望みだったのだ。

――だが、そんな自分が、トア・マクレイグに完敗した。

将来を嘱望されているプレストンは、一度の失敗で降格されることはない。

ただ、トアに何もできず負けたということが許せなかった。

しかし、あの時のトアの戦い方には疑問点が残っている。

「あり得ねぇ。戦闘用である《槍術士》が、洋服作るくらいしか能がねぇ《洋裁職人》に手も足も出せず負けるなんて……こうして調べてみたが、やはり適性職診断の時にミスがあったとしか考えられねぇ」

「そうでしょうか？　確か、先輩たちの適性職診断を担当されたのはベテランのクリフ神官でしたよね？　あの人がミスをするとは思えませんが」

「それはそうだが……秘密があるのは間違いないはずだ」

「では、トア・マクレイグが幼少期を過ごしたユースタルデ教会へ行ってみては？　あそこのシスターなら、何か知っているかもしれませんよ」

「無駄だ。あそこのシスターの頑固ぶりは有名だろ？」

「むぅ……じゃあ、どうするんですか？」

「……ちっ！」

結局どうすることもできなくて、プレストンはふて寝を始める。

だが、そこへ近づく者たちがいた。

「ここにいましたか」

ひとりは女子。

名前はユーノといい、新しく派遣されてきた《剣士》のジョブを持つ聖騎隊の一員だ。

その横に立っているのは熊の獣人族の男で、名前はガルドという。人の言葉は話せないが、格闘術に秀でており、それを買われて聖騎隊へ入った。

ふたりとも、養成所を出て聖騎隊に入ったわけではない。

出身もフェルネンド王国というわけではない。信念や正義感もなく、ただ成り上がるために入隊したのだ。

「ユーノにガルドか……何しに来た？」

「『何しに来た』はご挨拶ですね。私はオルドネス様の命令で呼びに来たんですよ。――プレストン隊長」

「……あいよ」

起き上がったプレストンは、立てかけておいた愛用の槍を手にして、大きくあくびをする。

「ふあぁ～……行くぞ、ミリア。打倒トア・マクレイグを果たすための作戦会議はエルフ共の力を得てからだ」

「了解です、プレストン先輩」

資料を閉じて、ミリアも立ち上がる。

フェルネンド王国によるオーレムの森侵攻作戦は、いよいよ本格的に始まろうとしていた。

第六章　ふたつの再会

藍色をした大きな翼をいっぱいに広げ、気持ちよさそうに空を舞う巨鳥ラルゲ。

その背中に乗るのは計八人。

内訳はトア、クラーラ、エステル、マフレナ、ジャネット、ローザ、ルイス、メリッサ――である。

「それにしても、本当に大きな鳥ですね」

「わふっ！　ここまで大きいのは見たことないです！」

初めて見る巨鳥に興味津々のジャネットとマフレナ。

だが、エルフ族のルイスとメリッサは見慣れているようで、冷静に解説を挟んだ。

「人懐っこくて大人しい性格の鳥なので、飼いならして移動手段として用いているところが多いですよ」

「それに私たちエルフ族と遜色ないくらい長寿らしいわ」

巨鳥の話題で盛り上がっている女子組の横で、トアは難しい顔をしていた。

その理由は、明確な位置が特定できていない目的地にある。

「オーレムの森は東にあるってことでしたけど……どの辺にあるんでしょうか」

トアは、風で飛ばされないようとんがり帽子を手で押さえているローザへ尋ねる。ローザはすぐに答えた。

「オーレムの森はこの先にある山をふたつ越えたところじゃ。心配せんでも、ワシはオーレムの森へ何度か足を運んだことがある。地上から地図なしで発見するのは難しいが、上空からなら一目でハッキリと分かるぞ」

「そ、そうなんですか？　なら安心ですね」

「でも、山ふたつって……クラーラはそんな長い距離を移動してきたの？」

「う～ん……正直どの道を辿って来たのか、よく覚えていないのよねぇ」

エステルの問いかけに対して曖昧な返事のクラーラ。

村を出て半年近くは経過している今だからこそ戻りたいという気持ちも生まれたが、追いだされた当初はそれほど執着をしていなかったようだ。

それからしばらく飛び続けていると、違和感のある場所が現れた。

「あっ！　あそこの一帯だけ、周りよりも高い木が密集しているぞ！」

周囲よりもやや背の高い木々に囲まれた一帯を発見。

よく見ると、その高い木々の周囲は先を尖らせた木製の壁で囲まれており、侵入者を寄せつけない構造となっているようだった。

「……なるほど。確かにハッキリと分かりますね」

「あそこが昔のままなら、周囲にはエルフ族以外が近づくと認識阻害を引き起こす結界が張られておるじゃろう」

「地上から発見するのが難しいっていうのはそういうことですね」

「うむ。……それにしても、なんだか様子が変じゃのぅ」

それはトアも感じていた。

上空にいながらも、オーレムの森からはピリピリとした気配が漂っていた。

「警戒厳重って感じですね」

「エルフとはもともとそういう種族じゃ。用心深くて思慮深い性格といえばよいのかのぅ」

「用心深くて思慮深い……」

「……なんでそこで私を見るのよ」

クラーラはどちらかというとノリと勢いで生きているタイプっぽいので、同じエルフでもそうしたイメージはまるで湧かないのだ。

「特にこのオーレムの森に住むエルフは今時珍しい純血主義を掲げる一族。他の森に比べても、他種族との交流には敏感な……ただ、そのせいで近年は人口が減少傾向にあると聞いたが」

「最近はそうでもないんですけどね。……でも、堅物の頑固爺さんばっかりで参っちゃうわ」

「あっ！　それ分かります！」

「ル、ルイスったら……」

クラーラとルイスはうんざりしたように言い、メリッサは苦笑いを浮かべていた。

その後、ローザの合図で森の近くに降り立ったラルゲをその場に待機させ、トアたちは森の方へ歩いていく。

「でも、その結界があるなら、俺たちも近づけないのでは？」

「クラーラたちと一緒におれば問題ない。その証拠に――ほれ、見えてきたぞ」

ローザが見つめる先には門があった。

どうやら、あの門の向こう側が、クラーラたちの故郷であるオーレムの森らしい。

あれは森の中へ入るための検問所のような役割を果たしているようだ。

さらに接近すると、そこには武装したエルフたちの姿が。

「！　誰だ！　そこで何をしている！」

大所帯での移動だったため、トアたちの存在はすぐに気づかれた。

しかし、こちら側にはオーレムの森出身者が三名もいる。それを、近づいてきた兵士風の若い男エルフたちも察知したようだ。

「なっ⁉　ク、クラーラか⁉　それにルイスにメリッサまで⁉」

「久しぶり、ジェイルおじさん」

そのうちのひとりはクラーラと面識があるようだ。

腰に携えている剣の柄に添えていた武骨な手を放し、「元気だったか！」とクラーラの両肩をガシッと掴む。

「いろいろあったけどこの通り、元気よ」

「そうか。よかったよかった。アルディ様もきっと喜ぶよ。それからメリッサにルイス。おまえたちもよくやったぞ」

頭をワシャワシャと豪快に撫(な)でられるが、ふたりは嬉しそうに目を細めていた。

「だが……そっちの連中は？」

久しぶりの再会に穏やかな空気が流れていたが、トアたちへ視線を移した途端にジェイルの表情が一変する。

「人間にドワーフ族に獣人族か……」

険しい表情のジェイルだが、その前にクラーラと双子姉妹が立つ。

「大丈夫よ、ジェイルおじさん」

「そうです！」

「この人たちは信頼できる人たちですよ」

「むっ……」

ジェイルは三人の真剣な眼差(まなざ)しにたじろぐ。

他のエルフたちも困惑しているようだ。

すると、ここでひとりの人物が一歩前に出る。

「お主……ジェイルと言ったか。もしや、大戦時にアルディと一緒に戦っておった斧(おの)使いのジェイルか？」

ローザであった。

「何？　――あっ！」

ジェイルは気づいたようだ。

「まさか、枯れ泉の魔女殿⁉」

八極のローザがいることに気づくと、エルフたちの警戒心は一気に解かれた。

「な、なぜあなたがここに？」

「今はそこにおるクラーラと同じ村で暮らしておってな」

「えっ⁉　そ、それはどういう……」

「諸々含めて、新しい長のアルディに説明する。じゃから、そんな物騒な武器はしまって、ここを通してはもらえんかのぅ」

「……失礼ですが、そちらの方々との関係は？」

面識のないトアたちの素性についてジェイルが尋ねる。

それに対し、ローザはトアをクラーラが世話になっている村長、エステルを弟子、ジャネットは凄腕の職人、マフレナを狩りの達人と紹介。

特に、彼らはまだ少年であるトアが村長という点に一番の引っかかりを覚えたようだったが、ローザが「全幅の信頼をおいている」と評価したことでようやく信じた。

「少年村長とは……信じられない」

「じゃが、実力は本物じゃ。なんなら、試してみるか？」

「……いえ、恐らく俺が負けるでしょう」

その発言に、他のエルフたちが騒然となる。

だが、やがてその場にいた全員が、トアの全身にまとう神樹の魔力に気づく。その計り知れない力に、顔を引きつらせる。

「大丈夫よ、みんな。トアは悪い子じゃないわ」

緊張するエルフたちへ放ったクラーラのひと言が空気をやわらげた。

「……そうだな。君が凄まじい力を持っているというのは分かった。それに、その力からは嫌な気配を感じない」

「わ、分かるんですか？」

「まあね」

その辺りも、人間とエルフの種族による能力差なのかもしれない。

ともかく、クラーラたちやローザの説得により、トア、エステル、マフレナ、ジャネットの四人は森に入ることを許可された。

「パパに確認を取らなくてよかったの？」

「ここは俺に一任されている。その俺が通したんだから大丈夫だ」

「あ、でも、私は追放された身で……」

「それについても心配無用だ。新しい長のアルディ様が必死に説得していたからな。『もし、クラーラが戻ってきたなら村に入れてやれ』ってね。前の長も、やりすぎた罰だったと後から少し悔いていたみたいだからな」

どうやら、すでにクラーラへの許しは出ているようだ。

「若気の至りというヤツじゃな。思えば、昔のアルディにも似たようなところがあった」

「昔って……もしかして、前大戦時にパパと一緒にいたんですか？」

「まぁのう。ただ、戦時中はまだワシとエルフ族の仲はそこまでよくなくてな。アルディともあまり話さなかったし、そもそも子どもどころか、あやつが結婚していることさえも当時は知らなかった」

「そうだったんですね」

その話を聞く限り、クラーラの父親はなかなかの堅物に思えてくる。

ともかく、こうして一行はオーレムの森へと入っていった。

鬱蒼（うっそう）と生い茂る木々に囲まれて歩くこと数分。

森の中の開けた空間には、多くのエルフ族の姿があった。

「ここはオーレムの森で一番の中心街だ。森で収穫した木の実や魚なんかは、すべてここに一度集められている」

「じゃあ、食事はみんなで？」

「そうだな。調理を担当する者たちが、全員分の食事を作る」

「わふっ！　まるで要塞村みたいですね！」

マフレナの言う通り、オーレムの森の生活スタイルは要塞村によく似ていた。

ここでは森の中心地に市場が形成され、食料の他、服や雑貨なども提供されているようだった。

「市場かぁ……そういうのもアリですね」

「実際に要塞村でやるとなったら、プロの意見を聞くべきじゃな。あそこはここほど閉鎖的ではないしのぅ」

「今後はエノドア以外の町との交流も増えてきそうですし……エドガーに相談して、ホールトン商会から誰か派遣してもらいましょうか」

「もう、こういう時くらい仕事を忘れてください」

「「あ、はい」」

エステルに怒られてしょげるローザとトア。

気を取り直して、一行は市場を横切る。

その際、トアたちは周りのエルフたちからの視線をかき集めていた。

追放されたクラーラが帰ってきただけでなく、さまざまな種族を引き連れているため、いやでも目立つのだ。

しかし、勝手に侵入してきたというわけではなく、先頭にジェイルがいることで、彼の許可を得て森に入って来たことが分かる。

時折、事情を尋ねに来る者もいたが、それに対してはクラーラが世話になっている村の村長とその仲間たち、と説明していく。

エルフたちがすんなり信じているところを見ると、ジェイルという男がいかに信用されているかが理解できる。

「さあ、もうすぐよ」

市場を抜けて、放牧されている牛が見える牧場の先に、一際巨大な木がある。その根元にある木造家屋を指差してクラーラが言った。

「あれが私の実家よ！」

「おぉ……」

「凄く大きいわね」

「わふぅ……」

「こ、ここまでとは……」

「意外じゃのぅ」

それぞれがクラーラの家の感想を言い終えると、ここまで案内してくれたジェイルは仕事へと戻っていった。

「わふっ！　あの家にクラーラちゃんのお父さんがいるんですね！」

「そのはずよ。ね？　ルイス」

「はい！」

ルイスからの返事を聞いてから、家へと向かう。

玄関まで来ると、先頭を行くクラーラが扉に手をかけてゆっくりと開ける。そして、クラーラが懐かしき我が家の中へ一歩入った瞬間だった。

「ゴホッ！　ゴホッ！」

何者かの咳が聞こえてきた。

「パパ⁉」

そこにはベッドへ横たわっている父アルディの姿があった。

「！　お、おお……クラーラか……よく戻った」

いきなり元気のない父の姿に、ルイスから教わった体調不良の話が思い返される。それは嘘情報であったが、一瞬、そんなことを忘れて本気で父を心配するクラーラ。

――ここまではアルディの計算通り。

だが、ここで予期せぬ来客がもうひとり。

「玄関開けていきなりベッドとは……随分と姑息というか、手の込んだことをするではないか、アルディよ」

「！　げぇっ⁉　か、枯れ泉の魔女殿⁉⁉」

予想外過ぎる人物の登場に、アルディは飛び上がって驚く。

「なんじゃ、元気そうではないか」

「うっ⁉　……ゴホゴホ」

わざとらしく咳を再開。

だが、すでにメリッサの凡ミスによってそれが演技であることは知れ渡っていた。

そんなこととは露知らず、アルディは迫真の演技を続ける。

しかし、とうとうそれを見かねたルイスが、

「あ、あの、アルディ様？」

「なんだ……ルイス……」

「もうとっくにバレているので演技はいいですよ」

「えっ？」

ルイスからの言葉を受けてアルディは来客たちの反応を見る。

全員が何とも言えない微妙な表情をしていた。

「……コホン」

今度は小さく咳払いをして顔を上げた。

「よく戻った、クラーラ」

先ほどまでの重病設定を即座に捨て、キリッと引き締まった表情で話し始めたアルディであったが、トアたちはその変わり身に笑いを堪えるので精一杯だった。

「まったく……お主という男は昔から変わらんのぅ」

「うっ……それを言われてしまうと……」

「娘のクラーラが心配だった。だから帰ってきてくれて嬉しい。これでいいじゃろ？」

「は、はい……」

大戦時には戦友として共に戦地を駆け抜けた仲でも、ローザの方が一枚も二枚も上手のようだっ

た。

「クラーラ、おかえり」

「……ただいま、パパ」

何はともあれ、こうしてクラーラは久しぶりに故郷の実家へと戻ってきたのだった。

「改めて……よく来てくれた、要塞村のみなさん」

着替えを終え、ビシッと決めたアルディ。

部屋にある大きなテーブルに要塞村からの来訪者たちを集め、これからゆっくりと話をしようというのだ。

その内容は多々ある。

まずはクラーラによる近況報告。

楽しそうに要塞村での生活の様子を語っていき、これにはアルディだけでなく、メリッサとルイスも大きな関心を寄せていた。

「そういえば、ママはまだ旅に出ているの？」

「ああ。まったく、困ったものだ。そのせいで、私が長に就任したという報告ができないんだからな」

クラーラの母親は不在のようだ。

だからといって、落ち込むような素振りは見られない。

どうやら、今のように家を空けることは特段珍しいことではないらしい。

続いて、アルディの要望で、要塞村とはどういうところなのかを村長であるトア自らが説明することに。

「要塞村ではいろんな種族が一緒に暮らしているんです」

「なるほど。それでドワーフ族に銀狼族の子が一緒についてきたのか」

「ちなみにじゃがのぅ……ドワーフの方はガドゲルの娘じゃ」

「えっ⁉　あの鉄腕の⁉」

「ちなみにワシの他に要塞村ではシャウナも生活をしておる」

「⁉　は、八極の関係者が三人も……」

アルディは開いた口がふさがらなくなった。

ドワーフ族も銀狼族も、人間側との接点は少ない種族だ。それが、要塞村では何十人という数が住んでいるというのだ。おまけに、世界を救った英雄の八極が、トアを村長と認めてふたりも暮らしている。

「その若さで……末恐ろしいな、トア村長」

「そうよ！　トアは凄(すご)いんだから！」

本人以上に嬉しそうに語るのはクラーラだった。

あまりの饒舌(じょうぜつ)ぶりに、「もしかして？」と思っていたメリッサとルイスの中にあった疑惑は確信へ変わり、アルディもその想いを察した。

「そうか……なるほどな」

「？　なるほどって、何が？」

「いや、クラーラは本当にトア村長が好きなんだな、と」

「!?」

途端に顔が真っ赤になるクラーラ。

「「「ははあーん」」」

それを受けて、メリッサ、ルイス、アルディの三人はニヤニヤしながらトアとクラーラを交互に見やる。

最初はふたりを祝福するつもりだった三人。

しかし、トアが連れて来た女子はクラーラだけじゃない。

八極のローザはさすがに入っていないだろうが、その他の三人は違う。赤面して慌てふためくクラーラを見て、どうにも落ち着かない様子だった。

それが意味するところはひとつ。

『この三人もトア村長に気がある』

心の中で三人の声がピッタリ重なる。

恋バナよりも剣術修行が得意なクラーラが生まれて初めて恋をした相手は、とてもライバルが多かった。

「……クラーラよ」

「な、何？」

「生きていくというのは、試練の連続だ」

「はい？」

「平坦な道のりなどない。だが、そこでへこたれず、己を信じて真っ直ぐ突き進むことこそが肝要なのだ。いいか？　あきらめて歩を止めてしまっては進めない。一歩ずつでいいから、しっかりと前を向いて――」

「急にどうしたの⁉」

クラーラやトアたちからすれば、なんの脈絡もなく突然長々と語り始めたアルディに若干引いていた。

周りの反応に気づいたアルディはハッと我に返る。

なんとか今の変な空気を振り払おうと、アルディは話題を変えることに。

「い、今、トア村長の語ってくれた要塞村だが……それは私が目指す新しいオーレムの森の形によく似ている」

「えっ？　そうなんですか？」

トアがガッツリ食いついてくれたことで、雰囲気は一変する。

「うむ。すでにメリッサたちから聞いているかもしれないが、私はもっと他種族との交流を増やしていこうと考えている」

「それはまたどういう心変わりじゃ？」

真剣な口調で、ローザが問う。

「心変わりというか……そうしなければ、我ら種族は生き残れないのです」

「生き残れない？」

重苦しい表現だと思ったトアだが、クラーラたちが何も言わないところを見ると冗談でないことが分かる。

「純血主義を貫いてきたツケだ。自治区という狭い空間だけの世界で生きていれば、いずれ歪（いびつ）は生じる。もっと、物事を柔軟に考えなければいけなかった。……そのことに、今さらながら気づいたのだよ、我々は」

これまでとは違い、真面目なトーンで語るアルディ。

「私が長になったからには、この流れを断ち切るためにさまざまな取り組みを行っていくつもりでいる。その第一歩が、他種族との交流だ」

「なるほどのぅ……そこまでの思いがあったか」

「ええ。――だから、今日この日、トア村長が愛娘（まなむすめ）のクラーラと共にこのオーレムの森を訪れてきてくれたことは、とても大きな意味を持つと思っている」

「えっ？　そ、それってつまり……」

言いかけたトアへ、アルディは深く頷（うなず）く。

「要塞村とオーレムの森で交流をしていきたいと思うのだが……どうだろうか？」

「もちろん、喜んでお受けしますよ」

トアはふたつ返事でアルディからの提案を呑んだ。

というより、途中からトアもオーレムの森と交流できたらいいなと思っていたので、アルディが提案しなくてもトアの方から言い出していただろう。

「あーあ、結局ここでも仕事の話になっちゃうのね」

「いいじゃないですか、エステルさん」

「わっふぅ！　これからもっと要塞村は賑やかになりますね！」

「ああ、そうだな」

喜び合う要塞村の面々。

だが、もちろん嬉しいのはトアたちだけではない。

「私たちもまた要塞村へ行きたいわね」

「うん。もっといろんな人と話してみたいし」

「なんだったら、あなたたちも私と一緒に住めばいいのよ」

「おお、それはいい案じゃのぅ」

尽きることのない要塞村とオーレムの森の交流案。

それは、若いエルフが歓迎会の準備を始めると報告にやってくるまで、絶え間なく続いていたのだった。

オーレムの森にクラーラが帰って来た。

おまけに新しい長(おさ)のアルディが認める他種族の来客もいる。

オーレムの森史上初の出来事に、エルフたちは大興奮。その一報はあっという間に広がり、森の中は歓迎ムード一色となった。

「もっとこう、俺たちに対して壁があるかと思ったら、そうでもないんですね」

「多くのエルフ族が交流に飢えておったということじゃ」

トアとローザがそう話している横では、女子組が宴会準備で賑やかになってきた森の様子を見つめていた。

「この後に宴会をやるって」

「よかったね、クラーラちゃん」

「オーレムの森と友好関係を築けそうですし、この調子なら、自由に行き来できるようになりますね」

「本当にそれは助かるわ。……やっぱり、今の要塞村から離れるなんて考えられないもの」

故郷へ戻って来たクラーラだが、このままここで暮らしていくつもりはないらしく、トアたちと共に要塞村へ帰るという。

だから、要塞村とオーレムの森で友好関係が結ばれることは素直に嬉しいと思えた。

トアたちも宴会の会場づくりに参加しようとエルフたちのもとへ向かうが、その途中で年老いたひとりのエルフに声をかけられる。

「戻ってきたか、クラーラよ」

「！　ちょ、長老⁉」

クラーラの背筋がピンと伸びる。

「ははは、今はもう『元』だがな」

笑いながら語るこの白髪白鬚（しろひげ）のエルフこそ、クラーラに家を破壊されて追放処分の罰を与えたオーレムの森の元長老であった。

ローザを除く面々はクラーラにつられて同じように背筋がピンと伸びる。

その様子をしかめっ面で眺めていた元長老は、トアとローザに視線を送ると顎に蓄えた白鬚を撫（な）でながら口を開く。

「君が要塞村とやらの村長ですな？」

「は、はい！」

「それに枯れ泉の魔女殿も……ご無沙汰しております」

「そうかしこまらないでくれ。今のワシはもう引退した身じゃ」

元長老はふたりに挨拶をするとある提案を持ちかけた。

「少し、話をしませんかな？」

「話ですか？」

「いろいろと聞きたいんだ――クラーラのことを」

「いいじゃろう。ワシも話したいことがあるからちょうどよい。いくぞ、トアよ」

「あ、は、はい」

半ば強引にトアはクラーラたちと別行動を取ることになった。

以前、クラーラがジョブの力で吹っ飛ばしたとされる元長老の家はすっかり元通りになっているらしく、立派な外観だった。

「まあ、かけてくれ」

元長老に促され、トアとローザは木製のテーブルに設（しつら）えられた椅子へと座る。向かい合う形で元長老も椅子へと腰を下ろした。

「まずはクラーラの件について……トア村長には本当によくしてもらったようで、それについては深く感謝しておるよ」

「いえ、そんな、俺の方こそ大変お世話になっています」

頭を下げた元長老に対し、トアもペコペコと何度も頭を下げた。

「あの子がここへ戻ってきた時の表情で分かった。君たちと本当にかけがえのない時間を過ごしてきたのだと」

「そうですか……俺自身、クラーラといる時間はとても楽しいですし、その楽しい時を共有できていたと知れてとても嬉しいです」

はにかんだ笑みを浮かべて答えるトアに、長老の顔から険しさが消える。その表情は孫を見守る好々爺のごとき優しいものであった。

「本当に……君には感謝してもしきれないくらいだ」

「その辺にしておけ。いつまで礼の言い合いをしているつもりじゃ？　キリがなくなるぞ」

うんざりしたようにローザが言い放ち、ふたりはようやくお礼の言い合いを中止。その様子を見て、「やれやれ」とこぼしながら、ローザが新たな話題を振る。

「ところで元長老殿……ヤツはこの村に戻ってきたか？」

「⁉」

真剣な口調で問うローザ。

その内容について心当たりがある元長老はギクリと体を強張らせてしばらく沈黙。

「どうなんじゃ？」

「か、帰って来てはいない」

「そうか……」

「ふぅ」と息を漏らし、ローザは出された紅茶の入ったカップへ口をつける。

まったくもって状況を理解できないトアは尋ねるしかなかった。

「あの、ローザさん……さっき言っていたヤツって誰なんですか？」

「お主は王国戦史で我らのことを学習したのだろう？　じゃったら、なんとなく心当たりくらいはあるのではないか？」

「王国戦史？　――あっ！」

トアは思い出した。

ローザと王国戦史――つまり、八極絡みであること。

そしてここはエルフたちの住むオーレムの森。

以上の情報から、ひとつの可能性が導き出された。

「八極の一角を担うエルフ族の女性――死境のテスタロッサはこのオーレムの森出身だったんですね？」

「その通りじゃ。……それにしても、妙な縁じゃのぅ。まさかクラーラがテスタロッサと同郷じゃったとは」

ローザは苦笑いを浮かべる。

「まあ、ヤツのことじゃから、戻ってきてはいないだろうと思っておったが……」

かつての同僚について語るローザだが、トアは違和感を覚えた。

同じ八極のガドゲルやシャウナについて言及している時は懐かしみだったり嬉しさだったりがにじみ出ているのだが、《死境のテスタロッサ》について語る時のローザはどこか悲しげな顔をしていた。

トアは話題を変えようと必死に考えるが、出てくるのはやはり死境のテスタロッサに関するものばかりだった。

「同じ村出身なら、もしかしてクラーラはテスタロッサさんと面識があるんですか？」

「面識も何も、クラーラに剣術を教えたのはテスタロッサだ」

「えっ⁉　そうなんですか⁉」

元長老からの爆弾発言にトアだけでなくローザも驚く。

以前、クラーラが語っていた憧れの女性。

それがまさか、八極の死境のテスタロッサだったとは。

「なんとも意外な展開じゃな。……しかし、クラーラが何も言わなかったところを見ると、テスタロッサが八極のひとりであることを知らなかったようじゃが」

「まあ、あの子がテスタロッサに懐いてよく引っついていた頃は、まだ彼女が元気だった頃のことですし」

「元気だった頃？」

トアはそのワードに引っかかりを覚えて思わず繰り返す。元長老は「しまった」と手で口をふさいだが、時すでに遅し。

「まあ、いろいろとあったんじゃよ。……それより……そうか。テスタロッサはまだ戻らぬか」

重苦しくなった空気を振り払うように、ローザは話題を変える。

「……彼女はここへは戻らないかと思いますが」

「まあ、そうじゃろうが……もし、戻ってきたらワシのところを訪ねるように言ってもらえぬかのう」

「屍の森の要塞村ですな。分かりました。必ず伝えましょう」

どうやら、ローザがクラーラの里帰りに同行した真の目的は、かつての仲間であるテスタロッサが故郷であるこのオーレムの森へ戻ってきていないか確認するためでもあったようだ。

詳しい話を聞くに至らなかったが、他の八極とは違い、何やら複雑な事情が絡み合っているようだった。


元長老との会談を終えて外へ出ると、宴会場の準備が着々と進められているようで、辺りの賑わいが増していた。

エステルたちの姿は見えないため、クラーラに森を案内してもらっているのだろう。

とりあえず、宴会場の近くで待っていようと、歩きだした——と同時に、ローザが口を開く。

「さっきの話じゃが……テスタロッサは人間を愛したのじゃ」

「へ?」

唐突に、ローザは死境のテスタロッサについて語り始める。

「仲睦まじいふたりじゃった。……もっとも、あの頃は今以上に他種族との接触が禁じられておってのぅ。ふたりは外でこっそりと密会を続けておったのじゃ」

ローサは「ふぅ」と深呼吸を挟んでから続ける。

「お主も知っておると思うが、人間とエルフでは寿命に圧倒的な差がある」

「！　それって……」

トアがその先の言葉に詰まると、ローザは静かに頷いた。

「テスタロッサの恋人は老いて死んだ。――が、テスタロッサ自身はまだまだエルフ基準で若者の年齢。分かってはいたことじゃが、テスタロッサが負った心の傷はあまりに大きく……ヤツは禁忌魔法に手を染めた」

「き、禁忌魔法？」

「死者蘇生。……ヤツは死霊術士となったのじゃ」

この世界には、絶対に使用してはならないとされる魔法がいくつかある。

それを禁忌魔法と呼び、その中のひとつが死者蘇生魔法だ。

ただ、このような禁忌魔法と呼ばれる類には、使用者がそれなりのリスクを負わなければならないものが多い。

死者蘇生もまた例に漏れることなく、使用者は代償を払わなければならなかった。

「死者蘇生魔法で恋人をよみがえらせようとしたテスタロッサは……これに失敗。恋人はよみがえらず、自身は禁忌を犯した穢れた身としてダークエルフとなった」

「！　死境のテスタロッサはダークエルフだったんですか⁉」

それが、テスタロッサの背負った代償。

しかし、王国戦史の教本にはそこまでの記載はなかった。

「今は、な。恐らく、クラーラに剣術を教えていた時はまだ普通のエルフだったのじゃろう。そのことも踏まえて、テスタロッサの件についてはしばらく他の村人には伏せておくことにしようと思っておる」

憧れの女性が禁忌魔法を使用し、挙句にはダークエルフに堕ちた。

テスタロッサを実の姉のように慕っていたクラーラへ伝えるにはあまりに酷な内容だ。

「元長老は特に言及していなかったのじゃが、クラーラ自身がそれを知らないというなら、ずっと黙っておったのじゃろうし」

そこまで言って、ローザは足を止めた。

「トアよ。……お主もその恋人と同じ人間じゃ。クラーラだけでなく、マフレナやジャネットよりも確実にお主は先に死ぬ」

「そうですね……」

それは避けられない問題。

テスタロッサの話を聞いているうちに、トアはそれが不安に思えてきた。

自分が死んだ後、要塞村はどうなるのだろう、と。

「まあ、もしどうしても死にたくないというなら、ワシに相談するといい。ワシだってもうとっくにくたばっている年齢じゃが、こうしてピンピンしておる」

「そ、そういえば……」

「あまりオススメはせんが、一応、禁忌魔法ではないから代償を払う必要はない。――いや、死ににくい体になるということ自体が、ある時は代償のように辛く感じることもあるがな」

「ローザさん……」

人間でありながら、三百年以上の時を生きるローザ。

彼女もまた、テスタロッサのように重い「何か」を背負って生きているのだろう。

「暗い話になったが、これから始まるのは楽しい宴会。気持ちを切り替えて楽しもうではないか！」

ローザはニコリと微笑(ほほえ)み、トアの手を取った。

いつか、ローザのように長く生きる道を選ぶのか。

もしそうなったら、エステルも――

「……いや、今はいいか」

この先のことはまた後で考えよう。

今はローザの言ったように、これから始まる宴会のことだけを考えればいい。

ローザに手を引っ張られながら走るトアの表情に、いつもの明るさが戻っていた。

◇◇◇

時は少し遡る。

トアたちが会談をしている間、クラーラはエステル、ジャネット、マフレナの三人を連れて森の中を案内していた。

「「「うわぁ……」」」

三人の口からそんな声が漏れる。

普段よく足を踏み入れている屍の森とは雲泥の差があった。

薄暗くて不気味な雰囲気さえある屍の森とは違い、木漏れ日が幻想的な雰囲気を醸しだしている
そこは、まるで絵画を見ているような錯覚を覚えるほど美しい光景だった。

「なんていうか……ここに座って眺めているだけで一日が終わりそうね」

「ああ……それ、凄くよく分かります」

「わっふぅ……」

「さすがにそれは無理じゃない……？」

その場にしゃがんでまったりとしている三人へ、珍しくクラーラがツッコミを入れた。

「それにしても、クラーラはトアたちと行かなくてよかったの？」

「長老って隙あらば難しい話をしだすから苦手なのよねぇ。それに……もうちょっと森の様子を見
ておきたいなって思ったから、ちょうどよかったわ」

クラーラにとってここは生まれ故郷。

やはり懐かしさがあるのだろう。

「ねぇ、クラーラ、あっちには何があるの？」

「小川が流れているわ。行ってみる？」

「わっふ！　行きたいです！」

「見てみたいですね」

四人は森の中を流れる小川を見るため、並んで歩き始めた。

その直後、四人は異様な気配を察知して振り返る。

「な、何⁉　何なの⁉」

「わ、分かりません……」

「とりあえず、戦闘態勢をとりましょう、クラーラ」

「ええっ！」

エステルの言葉をきっかけに、クラーラは愛用の大剣を構え、マフレナも拳を突き合わせて辺りを見回し、ジャネットは護身用の短剣を取りだす。エステルは愛用の杖に魔力を込め始める。

警戒する四人の眼前に――空から「何か」が降ってきた。

「気をつけて！　上から来るわよ！」

クラーラの言葉を受けて、一斉に飛び退く。

落下してきたそれが地面に着地したと同時に、轟音と土煙が辺りを包み込む。

「な、なんなの……？」

「油断しちゃダメよ、エステル！」

腰を落として臨戦態勢をとるクラーラ。その言葉にハッとなったエステルは表情を引き締めて再度杖を構えた。

土煙が晴れていくと、上空から森へと落下してきたモノの正体が明らかとなる。

「⁉　ひ、人⁉」

「わふっ⁉」

「誰よ、あんた！」

「名を名乗りなさい！」

ジャネットとマフレナが驚き、クラーラとエステルが叫ぶ。

落下物の正体は人だった。

――いや、厳密にいえば詳しい種族までは断定できない。

なぜなら、その人物は全身を黒いローブで包み、顔には仮面を装着していたからだ。手には剣が握られていた。

「……ただ者じゃないわよ、あいつ」

「ええ……そうみたいね。あと、こっちを敵視しているみたい。戦う気満々ってオーラが漂っているわ」

「やっぱりそう思う？　……私も同じことを考えていたわ」

目の前の敵は容易く勝てる相手ではない。

だから――わずかな油断さえ許されない。

それに、恐らくひとりずつ戦っても勝ち目はないと分析し、四人での連携攻撃で一気に倒そうと決めた。

言葉にして伝えたわけではないが、四人は互いに思っていることをアイコンタクトで読み取り合った。

一方、無言のままのローブの人物。

何も動きは見えなかった――と、思ったその時、突如ローブの人物は身をかがめ、右足で強く地面を蹴り上げた。目潰しだ。

「甘いわよ！」

先頭にいたクラーラは相手の細かな動作を見逃さず、行動を先読みしてこれを回避。相手の真横に回り込んで攻勢に出た。

「はああああっ‼」

大剣を振って相手に突進していくクラーラ。

「うまい！」

エステルが思わずそう叫んでしまうほど、完全に虚を突いた。

――はずだったが、敵もカウンターを予想していたようで、クラーラの攻撃を寸前のところでかわした。

――が、それは罠だった。

「これでどう！」

先ほどの攻撃は囮だった。

回避して反撃に出ようとしたところを、エステルの魔法とマフレナの打撃が襲う。

エステルは戦いの場が森の中ということもあり、大地の魔法を使用。

地面から生えた無数の蔦が敵の足に絡まり、バランスを崩したところでマフレナの強烈な一撃をお見舞いしてやろうというのが作戦だ。

「⁉」

足元の自由が奪われたローブの人物はバランスを崩す。

「わふっ！」

それを好機と見て突っ込むマフレナ。

今度こそ捉えた。

そう思ったのだが、またしてもローブの人物はこれをかわしてしまう。

「なっ⁉」

まさかマフレナの一撃をかわされるとは思っていなかったクラーラは、取り逃がしてはなるものかと大剣を振りかざして斬りかかる。

そのまま、敵との距離が一メートルを切った瞬間だった。

「えっ⁉」

クラーラは突然動きを止めた。

そして、手にしていた剣が地面に転がる。

「クラーラ⁉」

想定外の異変に、エステルは叫び、動揺する。

だが、異変はこれだけにとどまらなかった。

ローブの人物は武器を手放し、脱力したクラーラに近づくと何やら耳打ちをする。その直後にクラーラはなんとローブの人物に抱き着いた。

「えっ⁉」

「ク、クラーラさん⁉」

「ど、どうしちゃったんですか⁉」

何が起きたのか、情報の処理が追いつかず、パニックになるエステルたち。

そんな彼女たちを置き去りにして、ローブの人物はクラーラをお姫様だっこすると、そのまま驚くべき跳躍力をもって森の奥へと消えていった。

呆然（ほうぜん）と立ちつくす三人。

しばらくして、ようやくエステルが口を開いた。

「クラーラが……さらわれた？」

その言葉に、頷（うなず）くことしかできないジャネットとマフレナ。

歓迎会を前に、恐ろしい誘拐事件が起きしまったのだった。

「「クラーラがさらわれた⁉」」
トアとローザは森から戻って来たエステルたちの報告を聞いて驚いた。
「森の中で突然謎のローブの人物と戦闘状態になってしまって……その結果としてクラーラがさら

われてしまって……」

ここまでの経緯を、エルフの集落に戻ってきたエステルから聞いたトアは、すぐにクラーラ救出に向かおうと、さっきまで会談が行われていたアルディ宅へ飛び込んだ。

「何っ⁉　クラーラが⁉」

案の定、物凄く動揺しだす。

「くっ……あのジェイルでさえ侵入に気づかなかったとは……えぇい！　すぐに兵を回せ！　救出に行くぞ！」

「……ワシも行こう。エルフ以外の者がこの森に入るには、あの結界を誰にも気づかれずに破る必要がある。それができるのは相当な手練れじゃろうからな」

ローザが警戒心を抱くほどの相手。となると、数は限られてくる。

「アルディさん、何か心当たりはありませんか？」

「……認識阻害の結界がかかっている場所の外から、自分たちの軍門へ下れ、と大声でふざけた要求をしてきたどこかの国の使者は来たが、あそこではないだろうな」

「まあ、結界がある以上、そう易々と人間は近づけんからのぅ」

犯人の見当はまったくつかないようだ。

「俺たちも行くぞ」

「もちろんだ！」

「クラーラを救いだすぞ！」

森を守る兵士たちは新しい長の娘であり、幼い頃からよく知るクラーラを救出するため、気合十分。武器を片手に森の奥へ向かおうとするが、そんな彼らをエステルが呼び止める。

「ま、待ってください！　実は……さらわれた現場の近くにこれが落ちていたんです」

「それ……手紙？　もしかして、犯人からの⁉」

トアからの問いかけに、エステルは小さく頷くことで返事をする。とにかく中を確認しようと、エステルから手紙を受け取ったトアはすぐさまチェックを開始。

そこに記されていた内容は――

「俺と一騎打ちがしたい……？」

犯人であるローブの人物は、今日の夕方に森の奥地で要塞村の村長であるトア・マクレイグと一騎打ちを希望すると手紙につづっていた。その一騎打ちにトアが勝利できれば、クラーラを無事に返すという。

「トア村長を指名してくるとは……もしかして知り合いなのか？」

アルディからの追及に、トアは首を横へ振った。

「俺も皆目見当もつきません」

「……可能性があるとすれば――ヤツかのぅ」

「ヤツって……誰か分かるんですか、ローザさん」

「クラーラが抵抗をしなかったのは恐らく相手が顔見知りだったからじゃろう。クラーラと顔見知りであり、このオーレムの森を自由に行き来できる。おまけにトアの存在を知っている人物となると限られてくる」

トアとアルディは顔を見合わせる。

ローザが口走った「ヤツ」の存在——該当しそうな人物はひとりしかいない。

「八極……《死境のテスタロッサ》ですか？」

「可能性としては考えられるじゃろ？」

「で、でも、もし本当に死境のテスタロッサが犯人だとしたら、なぜクラーラをさらうようなマネを？」

「それは会って直接確かめてみるしかないじゃろう。それに、犯人がテスタロッサというのはあくまでもワシの仮説。本当はまったく知らぬ第三の人物かもしれんぞ？」

未だ不明のままになっているローブの人物の正体。

果たして死境のテスタロッサか、それともまったくの別人か。

夕刻はすぐそこまで迫っていた。

◇◇◇

森の木々が夕陽でオレンジ色に染まっている。

約束の時間になり、トアは指定された場所である森の奥地へと足を踏み入れていた。

手紙にはトアがひとりで来るよう指示されていたため、ローザやアルディ、さらにエステルたちはこの場にいない。

　とはいえ、さすがにまったく関与しないというわけにもいかないので、ローザは新たな使い魔を呼び寄せた。

　小鳥の姿をしたその使い魔の瞳に映る光景は、ローザの持つ水晶玉に映しだされ、遠くにいてもトアたちの様子を確認できるようになっている。

　トアが指定された場所にたどり着くと、そこにはローブの人物とクラーラが待っていた。

　エステルが言った通り、クラーラは拘束されているわけでもないのに逃げだそうとする素振りさえ見せない。やはり、相手はクラーラの顔見知りで、尚且つ自分に危害を加える存在でないと把握しているようだ。

「指示通り、ひとりで来たぞ」

「………………」

　ローブの人物は無言のまま、腰に携えた剣の柄に手を添える。その様子を、少し離れた位置で水晶玉越しにローザ、アルディ、エステル、ジャネット、マフレナの五人が見守る。

「敵の武器は剣か……大鎌を操るテスタロッサではなさそうだ」

「じゃが、ヤツはクラーラにとって剣の師匠なんじゃろう？　だったら、以前は剣が主要武器だったかもしれん」

「となると……今のところはテスタロッサさんかどうか、まだどちらとも断言できませんね」

「わふぅ……一体誰なんでしょう？　クラーラちゃんに面識があって、トア様に勝負を挑もうとする人って」

「あっ！　待ってください！　動きがありましたよ！」

水晶玉に釘づけ状態のジャネットが叫び、他の四人の視線も一斉にそこへ集中する。

ジャネットが叫んだ理由――それは、トアと対峙するその人物が体の大半を覆い隠しているローブを脱ぎ捨てていたからだった。

現れたのは褐色肌に長い白髪の美しい女性。その長い耳から、彼女もまたエルフ族であることが窺える。結界を突破できたのも、彼女がエルフ族だからであった。

「み、見てください、ローザさん！」

「うむ……間違いない」

「え、えぇ……久しぶりに顔を見ましたが、私も断言できます」

「わふっ！　じゃ、じゃあ、あの人が……」

「うむ。死境のテスタロッサじゃ……」

次の瞬間、ローザは立ち上がり、移動用の箒を手にしていた。

「ロ、ローザ殿、どちらへ!?」

「決まっておるじゃろう！　テスタロッサのもとじゃ」

「で、でも、それだと――」

「ヤツなら絶対クラーラには危害を加えない。それよりも……トアが心配じゃ」

言い終えると、ローザは箒に跨って飛んでいった。

「みんな！　私たちも行きましょう！」

「もちろんです！」

「わっふぅ！」

「ま、待て！　君たちでは場所が分からないだろう？　私も行こう」

結局、その場にいた全員でトアたちが戦っている現場へ向かうことにした。

一方、テスタロッサは武器である剣を鞘から抜き、切っ先をトアへと向ける。まるで「おまえも武器を取れ」と挑発しているような行動だった。トアはその誘いに乗り、剣を構える。そして、神樹ヴェキラの魔力を全身にまとわせた。

「⁉」

その瞬間、テスタロッサの表情に初めて変化が見られた。

神樹の魔力を前にして、さすがに動揺が出たようだ。

「トア……」

両者を離れた場所から見守るクラーラは心配そうに見つめる。

そんな中、数秒の睨み合いが続いた後――

「はあっ‼」

先に仕掛けたのはトアだった。

地面を強く蹴りあげて、一気に相手との距離を詰める。そのスピードに相手のエルフ族は一瞬戸惑ったように体がよろめくが、すぐに体勢を立て直してトアを迎え撃つ。

ガギン！

金属同士が正面からぶつかり合う音が森中に響き渡る。

「ぐっ！」

「っ！」

剣の押し合いになったが、力は互角。

両者ともにその場から一歩も動かない。

「トアっ⁉」

動揺するクラーラ。

さすがに相手が八極のひとりとあっては、そう簡単に決着はつかない。

「このっ！」

トアが相手を押し切り、バランスを崩させることに成功する。追撃を狙ったトアだが、すぐに足を踏ん張ってこれを中止。バックステップで後退した。

結果として、この判断は正解であった。

実は、力負けをしてよろめいたのは相手の演技で、トアが好機と見て飛び込んできたところにカウンターを決めようと企んでいたのだ。もし、あの場面でトアが後退をしなかったら、今頃わき腹に強烈な一撃を叩き込まれていただろう。

「はあ、はあ、はあ」

ここまで苦戦した相手は久しぶりだった。ダルネスへ侵攻してきたフェルネンドの聖騎隊とはまるで違う。その実力は明らかに一国家が抱える騎士団のレベルを遥かに凌駕していたのだ。

「まさか……」

これほどの実力を持った者として、トアが頭に浮かべたのは八極の存在であった。目の前にいるローブの人物の力は、シャウナやローザに匹敵する。エルフ族以外の侵入を許さない結界をくぐり抜けて侵入でき、尚且つ、ここまで強い人物となるとだいぶ限られる。

「あなたは……」

「…………」

トアがその名を口にするよりも前に、テスタロッサは剣をおろす。

「！　な、何を……？」

「あなたがどういう人間か……大体分かったわ」

テスタロッサはそう告げて、踵を返す。その先にいるのはクラーラだ。

「クラーラ」

「テスタロッサさん……」

「強引な手を使ってごめんなさいね」

「い、いえ、そんな……」

クラーラはまだ頭の中が整理できていない状況だった。

ずっと憧れていて、実の姉のように慕っていたが、森を出て以降長らく会うことのなかったテスタロッサ。その彼女が、今自分の目の前にいる――ダークエルフとなって。

しかし、ダークエルフになってもその優しい眼差し(まなざし)は変わらなかった。それに、先ほどトアと見せた剣術での戦い。その動作も昔と一緒だった。テスタロッサは、姿こそ違えど、幼い頃に憧れたテスタロッサのままだったのだ。

「…………」

クラーラとテスタロッサのやりとりを見ていたトアは剣をしまう。

そして、ゆっくりとふたりへ近づいていった。

「あの、テスタロッサさん」

「……トア・マクレイグね」

「は、はい」

「枯れ泉の魔女に匹敵する魔力に、黒蛇と争っても遜色ないスピード……その若さで、とんでもない実力ね」

「あ、そ、その、ありがとうございます」

八極のひとりであるテスタロッサに褒められて慌てふためくトア。

その様子を見たクラーラは「シャンとしなさい」と言って背中を叩く。

「ふふふ、本当に仲がいいのね、ふたりとも」

テスタロッサはそう言って笑った。

それから、おもむろにクラーラを抱き寄せる。

「テ、テスタロッサさん!?」

「……クラーラ」

「は、はい？」

「あなたは……私のようになってはダメよ？」

「そ、それってどういう……」

言い終えるよりも先に、トアが尋ねる。

「クラーラ、大丈夫か？」

「あ、う、うん……」

ダークエルフになった事情を知らないクラーラは呆然としていたが、その話をローザから聞いていたトアには、痛いほどよく分かった。

最後、テスタロッサはトアを一瞥し、声をかけた。

「気をつけて」

「えっ？」

「森に危険が迫っている。だけど、心配しないで。私がいるから。……そう、アルディに伝えておいて」

「あ、あの――」

テスタロッサはそれだけ告げると、クラーラからそっと離れ、その場から立ち去ってしまう。

そのことから、あの言葉はクラーラだけではなく、自分にも向けられた言葉だったとトアは解釈していた。

だから、テスタロッサはトアを試したのだ。

エルフと人間。

ただ一緒にいるだけでも障害がついて回る。

要塞村で暮らしていたトアはあまり感じていないが、外では未だにエルフ族を自軍の戦力に加えようと画策している国家もあると聞く。ゆえに、エルフ族の他種族への警戒心は薄れていかないのだ。

そんな世界にあって、仲良くしているトアとクラーラを見たテスタロッサは、かつての自分と恋人を重ね合わせ、剣術を通し、トアが邪な企てなく、本気でクラーラと良好な関係を築こうとしているという本心を見抜こうとした。

結果として、テスタロッサの望むべき答えとなり、彼女は役目を終えて帰っていったのだ。

しばらくして、ローザたちが合流。

テスタロッサの言葉を伝えると、ローザとアルディは互いに顔を見合わせて複雑な表情を浮かべていた。

その横では、エステルたちがクラーラの無事を喜び、今にも胴上げをしそうな勢いで抱きついている。

こうして、クラーラは一日でふたつの再会を果たしたのだった。

第七章　オーレムの森を守れ！

　オーレムの森はセリウス王国とフェルネンド王国の国境をまたぐようにして存在しているエルフ族の自治区。

　セリウス王国側は深い森を突破してこなければならないが、フェルネンド王国側は森を抜けるとすぐ平原が広がっていた。

　トアたちがオーレムの森に到着してから数時間後――その平原に、フェルネンド王国聖騎隊が展開しており、テントを張って着々と戦闘準備を進めていた。

　彼らは秘密裏に入手したオーレムの森の位置を示す地図をもとに、その場所を特定。認識阻害の結界が届かない位置で森の様子を探っていた。

　今回の作戦はエルフの優れた戦闘力と知能を手に入れること。

　そのために、まずは《魔導士》のジョブを持つ者を集め、認識阻害の結界を破壊するところから始める。

　その後、ありったけの兵力を注ぎ込み、森を制圧。女性と子どもを人質にし、言うことを聞かせるというのが、今回の作戦の立案者であるディオニス・コルナルドの策略だった。

「ブレット、森の様子はどうなっている？」

「今のところ、特に変わりはありません」

ひと際大きなテントの中には、今回の作戦の総指揮を執るディオニスがいた。

「兵力はどれほど集まった？」

「数にしておよそ一万二千――総力戦と言っていいでしょう」

「そうか……」

ディオニスは優雅に紅茶をすすりながら、今度はブレットの横に立っているオルドネスへと話しかける。

「オルドネス総隊長……分かっているな？」

「は、はい」

「あなたには本国のジャック・ストナー大隊長も期待している。おまけに、今回はその大隊長のご息女もあなたの配下にいるそうじゃないか。……もう失敗は許されないぞ？」

「承知しております」

並々ならぬ決意を秘めた眼差しで、オルドネスは答えた。

ここで失敗すれば、自分は降格どころか聖騎隊にすらいられなくなる。出世のためにこれまで尽くしてきたというのに、それがすべて水泡に帰すことになる。それだけは絶対に避けなければいけなかった。

「認識阻害の結界を無効化できるまであとどれくらいかかる？」

「相当手こずっているようでして……恐らく、明日の朝になるかと」

「ふっ、人間の《魔導士》が十五人がかりであっても、無効化するのにそれだけの労力を必要とする結界……是非とも聖騎隊に欲しい力だ」

ディオニスは剣を抜く。

「ヤツらの優れた力を得るのに説得は必要ない。圧倒的な力でねじ伏せ、支配すればいいだけのこと。――っと、そうだ。総攻撃を仕掛ける際は、私自らも戦地へ赴く」

「し、しかし、それは危険では？　エルフの森には黒い死神の噂もあります。戦況が落ち着いてからの方が」

「………………」

忠告をしたオルドネスを、ディオニスはにらみつける。

「それでは国王陛下へのアピールにならないだろう？」

「ア、アピール？　――あっ」

そうだった、とオルドネスは思い出した。

現フェルネンド国王のひとり娘であるジュリア姫は、ディオニスと恋仲にある。ここで決定的な戦果をあげれば、婚約まで一気にたどり着ける。

それこそが、ディオニスの真の狙いであった。

「人間とエルフ……種族としての能力差がどれだけあろうとも、これほどの兵力差を埋めることはできまい。それに、こちらには砲撃隊もいる。まずは遠距離からの連続砲撃でヤツらの拠点である森の木々を薙ぎ払う」

今回の作戦のために、ディオニスは大砲を用意していた。

まずはこの一斉砲撃でエルフの森を襲撃する考えらしい。

「砲撃隊には夜中も常に攻撃態勢をキープさせておけ。認識阻害の結界が破壊されたら、向こうもこちらの存在に気づくだろう。ヤツらが攻撃態勢を整える前に、連続砲撃で一気に戦意を削ぎ、抵抗力をなくさせる」

「かしこまりました」

「では、わたくしもこれで失礼いたします」

オルドネスとブレットは揃って深々と頭を下げるとテントを出ていった。

「くくく、これで今度こそ……次期国王の座は俺のものだ」

勝利を確信するディオニスの高笑いが、テント内に響き渡った。

死境のテスタロッサの試練（？）のあと、トアはアルディとローザに彼女が残したメッセージを伝えた。
ローザ曰く、「心配しないで」というのは、自分が森に迫る危険を片付けるという意味だろうとのこと。その危険というのは、以前この森の周辺で目撃された、エルフ族を自軍の戦力に加えたがっていた某国によるものだろうとアルディが推理。

その後、ローザとアルディ、さらに数人の兵士が周辺を調べることになった。

一方、エルフたちが暮らす集落では、クラーラ誘拐事件が即座に解決へと至ったことに安堵のため息を漏らす者が続出。ただ、食事などの準備を止めて無事を祈っていたため、歓迎会は翌日へ持ち越されることとなった。

そして、夜が明けた次の日。

「わふっ！　トア様！　大変です！」

クラーラの家にある空き部屋で寝ていたトアを起こしたのはマフレナだった。

「どうしたんだ……？」

「えぇっと……よく分かりませんが、大変みたいです！」

内容は一切伝わらないが、その慌てぶりで緊急事態が起きたというのは十分に伝わった。

トアは目をこすりながらマフレナに「すぐに用意する」と言って着替えを始める。

「……あの、マフレナ？」

「わふ？」

「着替えるから、ちょっと出ていてくれないかな？」

「！　わっふっ！　そうですね！　すみません！」

バタバタと大騒ぎをしながら部屋を出ていくマフレナ。それを見送ってから、トアは着替えを終えて、廊下に出る。

そのまま階段を下りて一階へ向かうと、神妙な面持ちでイスに座るローザが目に入った。その周りにはクラーラ、エステル、ジャネット、そして先ほどトアを起こしに来たマフレナの四人が囲むように立っていた。四人とも、ローザと同じく表情が冴えない。

「起きたか、トアよ」

「……何かあったんですね？」

「まあのぅ」

ローザの座るイスの前にある丸テーブル。

そこにはひとつの水晶玉が置かれていた。

ローザの使い魔である巨鳥ラルゲや、偵察用の小鳥の目に入ったものを映しだす水晶玉だ。

「どうも……何者かが、認識阻害の結界に干渉しておるようじゃ」

「干渉？　じゃ、じゃあ、やっぱり——」

「そこで、こいつを見てもらいたい」

トアの前に差しだされた水晶玉。そこに映されたのは雲ひとつない大空だった。どうやら、ラルゲの視点から見た光景らしい。

やがて、ラルゲは降下を始め、それに合わせて視点も変わっていく。空から地面を眺める格好となり、そこには——トアのよく知る集団がいた。

「!?　せ、聖騎隊!?」

「そうじゃ。このオーレムの森の、フェルネンド側の国境に面している場所は、森を抜けると平原が広がっておる。ヤツらはそこに多くの騎士を配備しておるようじゃな」

「それにしてもこの数は……大砲まであんなに揃えて……まるで一国に戦争を仕掛けようかという陣容だわ」

同じく、元聖騎隊の一員であるエステルは、その規模の大きさに息を呑んだ。大型魔獣を倒す時でも、ここまで多くの兵士を割くことはまずあり得ない。

「ヤツらは本気で、この森を制圧するつもりなのじゃろう」

「うむ。狙いは間違いなく……我らの力と知恵だろう」

そう口を挟んだのはアルディだった。

振り返り、彼の姿を目の当たりにしたトアは驚愕する。

「ア、アルディさん……その格好は……」

「ふふふ、似合っているかな？　この鎧を身にまとうのはザンジールとの戦争以来だ……」

アルディは完全武装していた。

「それにしても、ジャネットは凄いな。あの短期間で、古ぼけていた鎧がまるで新品のようになっている。さすがはガドゲル殿のご息女だ」

「いえ、戦うことが不得意な私にできることは、これくらいですから」

ジャネットは見ていた。

ジェイルたちエルフの戦士が装備する武器や防具が傷んでいるのを。

それから、ジャネットは工具を借りてそれらのメンテナンスを行っていた。外にはない、エルフ族独特の技術も、彼女の好奇心を刺激し、ほとんど徹夜で作業していたのだ。

「感謝するぞ。ありがとう」

「そ、そんな」

謙遜するジャネット。

「この森を守るため、我々は勝負に出る」

「それって……聖騎隊と戦う気ですか⁉」

「無理よ、パパ！　兵の数が違いすぎるわ！」

「だが……だからといって大人しく見ているわけにはいかない！」

エステルとクラーラは止めるが、アルディに退く気はまったくないようだ。

「……アルディの言う通りじゃ、このままというわけにはいくまい」

話を聞いていたローザがゆっくりと腰をあげる。

「アルディ。お主は後方でワシが撃ち漏らした敵の排除を頼む」

「そ、それはつまり……」

「ワシが出る」

ローザは自らが前線に出ることを口にする。

「し、しかし、それでは……」

「問題ない。――まあ、ワシが出張らんでも、どこかでテスタロッサが目を光らせておるのだろうがな」

「テスタロッサが……」

「それに、こちらの全戦力を正面にだけ向けるわけにはいかん」

「？　どういうことですか？」

トアが尋ねると、ローザは黙って水晶玉を指差す。そこに映しだされていたのは、平原から少し離れた場所。オーレムの森へと続くそこには、本隊とは別行動を取る部隊があった。

「大砲部隊でこちらを混乱させ、戦力を正面に注ぎ込んだ瞬間を狙って側面から挟撃を仕掛けようという腹積もりだろう」

「むぅ……ローザ殿の情報がなければ、我らはまんまとヤツらの術中に嵌(はま)っていた……危うく、この森を失うところだったな」

アルディの額から冷や汗が垂れる。

「念のため、昨夜のうちに要塞村へ応援を要請するために使い魔を出しておいて正解じゃったな。昼頃にはシャウナがフォルやジンたちを連れてこちらに合流するじゃろう。それに……」

そこまで言うと、ローザはふっと小さく笑ってトアたちを見回す。

「ここにも頼もしい仲間たちがおる」

「ローザさん……」

「正面はワシらに任せろ。今の調子ならば、あと一時間もしないうちに認識阻害の結界は破られるじゃろう」

「それが開戦の合図になるわけですね」

「うむ」

ローザが静かに頷くと、トアだけでなく、クラーラ、エステル、ジャネット、マフレナの四人も気合が入る。

オーレムの森を守るための戦いは目前に迫っていた。

◇　◇　◇

フェルネンド聖騎隊の《魔導士》たちにより、認識阻害の結界は打ち破られた。

兵士たちはオーレムの森を肉眼で確認できるようになり、隊の士気は上昇。

「ディオニス様、これでいつでも仕掛けられます」

「よし！　まずは挨拶代わりの一発をぶち込んでやれ！　ヤツらの慌てふためく姿を見ようじゃないか」

指揮官として前線に立つディオニスが雄々しく叫ぶ。

その姿を見て、兵士たちの士気はさらに上昇した。

「放てぇっ！」

ディオニスの合図により、砲撃が始まった。

それに合わせ、兵士たちが森へ向けて進軍を始めた。

認識阻害の結界が突破される直前。

平原の中央にひとりたたずむ者がいた。

「……いつの時代も、ああいうのが湧いてくるのね」

ため息をつき、本来の主戦武器である大鎌を構えるのは死境のテスタロッサ。

永久追放処分を受けているとはいえ、生まれ育った故郷が窮地に陥ると知れば、放ってはおけない。

それだけでなく、クラーラがトアとかつての自分と同じ恋人のような関係になっていることも大きく関係していた。

あの子には幸せになってもらいたい。

自分のようになってもらいたくない。

その想(おも)いが、テスタロッサをこの場に立たせていた。

オーレムの森目がけて飛んでくる砲弾を確認すると、それに向けて大きく鎌を振る。

砲弾はずっと前方の上空にあるのだが、その一振りで真っ二つに割れてしまい、その場で大爆発を起こした。テスタロッサが得意とする「飛ぶ斬撃」による攻撃だ。

「な、何事だ⁉」

先制攻撃を仕掛けたはずが、砲撃が空中で大爆発を起こしたことに驚くディオニス。だが、部下からの報告を得て、その原因を知ることになる。

「ディ、ディオニス様！」

「なんだ！」

「先ほどの砲弾ですが……突然現れたダークエルフに撃ち落されたようです」

「ダークエルフだと⁉」

それを聞いたディオニスは、すぐにある言葉を思い出した。

黒い死神。

あるダークエルフにつけられた通り名だ。

「まさか……死境のテスタロッサか？」

ディオニスは伝えに来た騎士に対して、砲撃における標的の変更を命じた。

「すべての砲撃をそのダークエルフへ向けろ！　まずは邪魔者を排除する！」

「わ、分かりました」

命令を受けた騎士は大急ぎで砲撃部隊へその旨を伝えるため走りだした。

最初の砲撃を斬り落としたテスタロッサは迫り来る騎士たちを撃退するため、死霊術を発動させようと魔力を高める。

「出てきなさい」

ボソッと呟（つぶや）くと、テスタロッサの足元に魔法陣が展開し、そこからドラゴンが姿を現した。

「オォォォオ……」

低い唸（うな）り声（ごえ）をあげながら、ボロボロの翼でゆっくりと舞い上がるそのドラゴンは、《死霊術士》のジョブを持つテスタロッサが能力で従えるゾンビドラゴンである。

ゾンビドラゴンはテスタロッサに代わって砲撃を次々と撃ち落していく。さらに、向かってくる騎士たちを止めるため、兵士のゾンビを魔力で呼び寄せた。

「うおっ⁉　な、なんだ⁉」

「オーレムの森の兵士か⁉」

「怯(ひる)むな！　突き進め！」

大量に呼び出されたゾンビ兵と聖騎隊が衝突する。

だが、テスタロッサにとって想定外だったのは、聖騎隊の数だ。

非戦闘要員の多いエルフ族の暮らす森を攻めるにしては大規模すぎる。

これはダルネスでの失敗を受け、慎重になった結果であるが、事情を知らないテスタロッサにとっては大きな誤算であった。

騎士だけでなく、あれだけの数の砲撃が襲ってくるとなると、ゾンビドラゴンだけで対処するのは難しい。兵の数も、聖騎隊が大きく上回っており、押し切られるのは時間の問題となっていた。

それでも、故郷の森を守るためにテスタロッサは自らも戦おうと武器を構える。

――その時だった。

「お主はいつもそうじゃな」

突如、テスタロッサの頭上から声がした。

見上げると、そこには箒(ほうき)にまたがり空を飛ぶ少女が。

「あなた……ローザ……？」

「久しいのぅ、テスタロッサ」

箒の少女ことローザはテスタロッサのそばに下り立つ。

「こうして広い場所にふたりで立っておると、バンテール砂漠での戦いを思い出すな」

「……あったわね、そんなことも。あの時は確か、アバランチがひとりで五千人の兵を倒して、私たちの出番はなかったわね」

「かかか！　そうそう！　シャウナがくじ引きで戦うヤツを決めようと言いだしてな！　大方、自分ひとりで片づけるつもりが、くじを当てたのはアバランチじゃった！」

「どうせ彼がすぐに片づけるのは分かりきっていたし、暇になったみんなはババ抜きをしていたわね」

思い出話に花を咲かせる余裕を見せるふたり。

直後、聖騎隊からの一斉砲撃が始まった。

「あれだけの砲撃をすべてさばくのは無理じゃろう？」

「被害を最小限に抑えるつもりだったけど……まさかここまでの数を揃えてくるとは想定外だったわ」

「だからこそ、最初からワシを頼ればよかったん――じゃ！」

会話の途中だが、ローザは向かってくる砲弾に最大威力の風魔法を発動させる。その風に巻き込まれた砲弾は、八極ふたりに届くことなく地面に落ちていく。

「なんだと!?」

「い、今のって魔法だよな⁉」

「エルフ族にはあんな魔法を使えるヤツがいるのか⁉」

突然の事態に、聖騎隊は大混乱に陥った。

「広域魔法は便利ね。私の《死霊術士》の能力ではそこまで器用にできないわ」

「暢気に構えておっていいのか？　数えきれんくらいの兵士がやけくそ気味にこちらに向かってきておるぞ」

砲撃による先制攻撃には失敗したが、それでもまだ聖騎隊は自分たちを優位だと思っている。その根拠が、今まさにこちらへ向かってきている兵の数だ。

「怯むなぁ！　あれだけの威力がある広域魔法ならば連発はできんはずだ！　消耗している今のうちに畳みかけろ！」

「ディ、ディオニス様！　ここは一度退いて体勢を整えた方が――」

「うるさい！　進め！　エルフ共を捕らえろ！」

オルドネスの忠告を無視し、ディオニスが兵士たちに指示を飛ばす。

それに従い、兵たちは一斉にオーレムの森へと突っ込んでいった。

「愚かな指揮官ね」

「仕方あるまい。数だけは多いからのぅ。ワシらで可能な限り食い止めて、あとは――うちの村民たちに任せるとしよう」

「村民？」

「ほれ、来るぞ」

敵の数は数千に及び、そのすべてを漏れなく食い止めるというのはさすがに難しい。

だが、ローザには頼れる仲間がいた。

そして今――ローザの使い魔である数羽の巨鳥ラルゲに乗って、要塞村から応援が到着した。

「懲りない連中だな！」

「まったくだ。少しはトア村長を見習ってもらいたい！」

「ジン様と銀狼族の方々、ゼルエス様と王虎族の方々は東側をお願いします」

「「おう！」」

「メルビン様とモンスターの方々、そして僕とシャウナ様は西側へ向かいます」

「任せてください！」

「心得た、フォル」

到着した要塞村の面々は、サーチ機能を駆使して戦況を分析したフォルの指示に従い、それぞれの配置に向かって降下していく。

「な、なんだ⁉」

「空から獣人族やモンスターが降って来たぞ⁉」

「どうなっているんだ⁉」

一斉砲撃の失敗に続き、この場にいることがあり得ない種族たちが空から降ってきて自分たちと敵対する。

こうした異常事態が続いたことで、聖騎隊は大パニック。

指揮系統もめちゃくちゃになり、その場から逃げだす者が相次いだ。

ここに集まった聖騎隊は、これまでのように養成所を出た志のある者ばかりではない。ディオニスが数だけを揃えようとした結果、兵士たちの質は大幅に下がっていたのだ。

この状況は、オーレムのエルフたちにとっても想定外だった。

しかし、自分たちの森を救うために、さまざまな種族が入り乱れて戦う光景を見て、長のアルディは強く胸を打たれた。

「我らも行くぞ！　彼らばかりを戦わせるわけにはいかん！」

「そ、そうだ！　俺たちも森を守るんだ！」

アルディに続き、ジェイルも仲間を鼓舞する。

それをきっかけに、エルフの戦士たちも戦場へと飛び込んでいった。

数で圧倒していたはずの聖騎隊であったが、砲撃から一時間足らずでほぼ壊滅状態にまで状況は悪化していた。

「バ、バカな……」

この現状を前に、ディオニスは硬直。

「ディ、ディオニス様！　指示をお願いします！」

オルドネスやブレットが声をかけても、ついにはまったく反応を示さなくなった。

業を煮やしたオルドネスとブレットは撤退を指示。

だが、それを言い終えるよりも先に、騎士たちの悲鳴がふたりの耳に届いた。

舞い上がる砂煙で視界が遮られる中、徐々にこちらへ近づく人物のシルエットが明らかとなっていく。

「お、おまえが……死境のテスタロッサか」

現れたダークエルフの醸しだすオーラに気圧(けお)されて、声を震わせるオルドネス。

「森に手を出そうとした張本人は誰かしら？」

静かに問うテスタロッサだが、その場に居合わせた騎士たちは誰も答えようとはしない。それどころか、オルドネスはこれを好機と見ていた。

「ヤ、ヤツを捕らえろ！　これだけの数で一斉にかかれば――」

言い終えるよりも先に、周囲の騎士たちが次々と倒れていく。

テスタロッサが放った飛ぶ斬撃によって、取り巻きの騎士たちはあっという間に戦闘不能となってしまい、残されたのは五人の騎士とオルドネスにブレット、そして黒幕であるディオニスだけであった。

「くっ……」

「……どうやら、あなたが黒幕のようね」

ディオニスを視界に捉えたテスタロッサが再び武器を構える。

「くっ！　ディオニス様を守れぇ！」

ブレットを先頭に、残ったすべての騎士がテスタロッサへ挑むが、テスタロッサは一瞬で蹴散らし、ディオニスへと詰め寄った。

「これであなたの味方はいなくなったわ……観念しなさい」

手にした大鎌をディオニスへと向ける。

「平穏な暮らしを望んでいるあの子たちに危害を加えようというなら……私はあなたを許さない」

「き、貴様は……まさか……」

「黒い死神――そう言えば、伝わるかしら？」

「⁉」

やはりか、とディオニスは俯いた。

謎の勢力に加えて、八極のひとりである死境のテスタロッサがいる。

その事実に、ディオニスは震えあがった。

「わ、分かった……撤退する……」

骨の髄まで凍りつくような眼差しに射抜かれて、ディオニスはオーレムの森から手を引くと約束した。

こうして、二手に分かれた聖騎隊のうち、ディオニス率いる本隊はテスタロッサとローザ、そして要塞村の村民とオーレムの戦士たちによって壊滅したのだった。

◇　◇　◇

砲撃開始を合図に、挟撃を仕掛けるもうひとつの部隊も活動を開始。

派手に暴れ回る本隊とは違い、こちらは本隊へ気を取られている間に森へ接近し、奇襲を仕掛ける手筈になっていた。

そのため、こちら側にはあまり戦力を割いていない。

代わりに質を高めていた。

少数精鋭部隊による進撃は順調だった。

——が、状況はすぐに一変する。

「わっふぅ！」

少女の声が轟いたと思った瞬間、数人の兵士たちが一斉に吹き飛んだ。

「な、何事だ⁉」

「敵襲だ！」

「て、敵襲だと⁉」

「バカな⁉　こちら側の動きを察知していたのか⁉」

待ち伏せされているとは微塵も思っていなかった聖騎隊は、突然の猛攻に取り乱し、散り散りになったことで連携が取りづらくなる。

「ここから先へは行かせないわよ！」

《大剣豪》のジョブを持つクラーラが、愛用の大剣で聖騎隊の兵士たちをなぎ倒していく。

「俺たちもクラーラに続くぞ！」

「「「「おおおう！」」」」

クラーラの活躍に触発されて、他のエルフ族の戦士たちも続いていく。

だが、こちらは小数とはいえ聖騎隊の中でも実力ある者が揃う部隊。数だけの本隊に比べてひとりひとりの兵士が手強い。

——しかし、それはあくまでも聖騎隊基準での話。

「このガキっ！」

兵士のひとりがトアへと斬りかかるが、それを難なくかわしてカウンターを決める。

「はあっ！」

「ぐおっ⁉」

トアからの一撃を食らった兵士はその場に倒れ、動かなくなる。死んだわけではなく、気を失ったようだ。

「よし、次！」

夢中になって戦うトア。

神樹の魔力の影響だけじゃなく、要塞村へ来ても毎日鍛錬を積んだことで、剣術も確実に上達していたのだ。

確実に強くなっていることを実感するトア。

だが、そこに迫る影があった。

「っ！」

背後から迫る気配を感じたトアは咄嗟に振り返る。

直後、トアの視界に飛び込んできたのは、槍の先端をこちらに向けて襲い掛かる同じ年くらいの少年だった。

回避は間に合わないと判断し、剣で防御する。

「ぐっ！」

互いの武器がぶつかり合い、その衝撃でトアは一歩後退する。

「トアっ⁉」

近くにいたエステルが駆けつける。

そこで目にしたのはかつての同期と後輩だった。

「こんなに早く、そしてこんな場所で再会するなんて夢にも思っていなかったぜ……トア・マクレイグ！」

「お兄様の居場所を吐いてもらいますよ！」

現れたのは聖騎隊に所属する、《槍術士》のジョブを持つプレストンと《魔導士》のミリア、さらにその後ろには新しく配属された《剣士》ユーノと熊の獣人族であるガルドのふたりもいる。

「プレストン⁉」

「ミ、ミリアちゃんまで⁉」

聖騎隊の制服に身を包んだ、プレストン率いるオルドネス隊の四人。

そのうちのふたりと面識があるトアとエステルは、思わぬ再会に大きな声をあげた。

「どうしてプレストンがここに⁉」

「それはこっちのセリフだ。エルフ族たちの森で何をしている？　連中に取り入ろうとでもしているのか？」

「そういうつもりでここにいるんじゃないよ」

「……そうか」

プレストンはゆっくりと愛用の槍を構える。

「ダルネスでは後れをとったが、今度はそうはいかねぇぞ」

「それより！　クレイブお兄様の居場所を吐きなさい！」

張り詰めた空気を裂いたのはミリアの叫びだった。

「……おまえ、少しは任務を優先させろよ」

呆（あき）れたように言って、プレストンは再び視線をトアたちへ戻す。

すると、そこへマフレナも駆けつけた。

「トア様！　エステルちゃん！　大丈夫ですか！」

「あん？　……あんたも見覚えがあるな、犬耳の姉ちゃん。ダルネスの町で大暴れしていた一味のひとりだろ？」

「わふ？」

ダルネスにいたとはいえ、プレストンたちと直接面識があるわけではないマフレナはキョトンしている。

だが、すぐに彼らがトアとエステルに敵意を向けていることを認識すると、目つきが変わる。

「トア様の……敵ですか？」

マフレナの銀色の髪と尻尾が一瞬にして金色へと変化する。

銀狼族の中でもごくわずかしか存在しないと言われる《金狼》――そういう意味では、マフレナは伝説の中の伝説といえる。

「プレストン、彼らとは知り合いのようだけど……エルフ族と関係があるなら始末する必要があるわ」

「フンガー‼」

「そんなことは分かっている。――ユーノ、ガルド、臨戦態勢をとれ。ついでにミリアもだ」

「とっくに準備万端ですよ、先輩！」

リーダーであるプレストンの指示で、三人は武器を構える。

「ミリアちゃん……」

戦う気満々のミリアへ、エステルは不安げな表情を向ける。そんなエステルと目が合うと、ミリアにも少し動揺が見えた。

「…………」

それを見たトアは、剣へ魔力を込める。

遠く離れていても、トアに力を与える神樹の魔力。

トアがそれを必要とした時、その全身は金色の輝きを放つ魔力で覆われる。

それだけでなく、
大気を震わせるその強烈な魔力は、対峙する四人にも伝わった。

「「「「⁉」」」」

「そ、そんな⁉　なんなんですか、このデタラメな魔力は⁉」

「フガガ⁉」

ユーノ、ガルドはトアの魔力を前に取り乱す。

それはミリアも同じだった。

「こ、これがトア・マクレイグの魔力……あり得ない！」

「くっ……」

トアの正面に立つプレストンは、他の三人以上にその魔力の強さを感じていた。

「バカな……ただの《洋裁職人》が……なんでこんなバカげた魔力を――」

ダルネスで敗北した時、プレストンは当初、トアのジョブが《洋裁職人》ではなく、もっと別のジョブなのではないかと疑っていた。だから色々調べてみたが、決定的な答えを見つけることはできなかった。

神官のミスではないかとも思ったが、ミリアに指摘された通り、神官がジョブを見間違えるとは到底思えない。仮に間違っていたとしても、あれだけの魔力を生みだせるジョブならば誰かが間違いに気づくはずだ。

ならば、なぜ《洋裁職人》のトアがここまで強力な魔力を身につけることができたのか。

目の前に立つトアの全身から迸る魔力の渦――それは、努力云々では超越できない領域に達していた。

「……クソがっ‼」

トアの魔力が放つ強烈な圧。

それに吹き飛ばされないよう、踏ん張っているのがやっとのプレストンだが、徐々に慣れてきたのか、そのうちに真っ直ぐ立てるようになり、トアを睨みつける。

「後のない俺がここから成り上がるのに……おまえの首はちょうどいい土産になる！」

槍を構え直したプレストンは大地を強く蹴りあげ、トアへと突進していく。

速い。

トアは率直にそう感じた。

ダルネスの時はこちらを完全にみくびっていたため、まったく本気を出していないということは分かっていた。もともと、聖騎隊養成所の演習戦績は、自分やクレイブ、それにエドガーにも迫るほどの実力。これが、プレストン本来のスピードなのだ。

鈍い銀色に輝く槍の先端が真っ直ぐ飛んでくる。

トアはこれを難なくいなす。

「さすがにこれくらいはかわしてくるか」

プレストンはすぐさま体勢を変えて、さらに攻撃を加えようとする。が、それをトアは完全に読んでおり、危なげなく回避する。

「ちぃっ！」

二度の攻撃があっさりとかわされたことで、プレストンに焦りの色が出始めた。

「野郎……ならこっちも出し惜しみはなしだ！　ダルネスの時と同じ結果になると思うなよ！」

プレストンはさらに仕掛ける。

そのスピードは速さを増していた。

「は、速いです⁉」

要塞村の中でもトップクラスの俊敏性を誇るマフレナでさえ驚くほどだった。こうなると、さすがにすべての攻撃をさばくのは難しくなる。

「おらぁっ！」

ここを攻め時と読んだプレストンはさらに猛攻を続けた。ついにはその一撃がトアの頬（ほお）をかすめて傷を負わせ、鮮血が宙を舞う。

「「トアっ⁉」」

駆け寄ろうとしたエステルとクラーラを、トアは手を伸ばして制止する。

「大丈夫だ、ふたりとも」

そう言って、頬についた血を拭うと、再び聖剣を構え直した。

「上等だ！」

未だに戦意を失っていないトア。

プレストンはそんなトアを容赦なく攻め立てる。

だが、次第にトアはプレストンの本気のスピードについてこられるようになっていた。

「こ、こいつ……！」

やがて、トアの剣とプレストンの槍は再びぶつかり合う。

だが、さっきとは違い、今はトアが押している。

「俺のスピードについてきただと……？」

受け入れがたい事実を目の当たりにしたプレストンは叫ぶ。

「おまえ……本当に《洋裁職人》なのか⁉」

「そうだ。――俺は《要塞職人》だ！」

トアの魔力が、ひと際大きく爆ぜた。

「おおおおおお‼‼」

力強い雄叫びが、オーレムの森にこだまする。

「な、何っ⁉」

直後、金色の魔力で覆われた剣がプレストンを弾き飛ばした。

体勢を崩されたプレストンはすぐさま構え直す。が、もう一度トアの強力な一撃を槍で受け止めると、ついに槍は耐えきれなくなって真っ二つにへし折れてしまった。

「あ、あり得ねぇ⁉　こ、こんなことが⁉」

「終わりだぁ！」

そこへ、トアがトドメの一撃を叩き込んだ。

「ぐあああああああああああああっ‼‼」

トアの魔力が込められた一撃を受けたプレストンは、あっという間にミリアたちよりも遥か後方に吹っ飛ばされる。

その光景を目の当たりにしたミリアは愕然としていた。

「そんな……あのプレストン先輩が……」

ミリアはプレストンの実力を買っていた。

大好きな兄クレイブをかどわかした（と思っている）、憎きトア・マクレイグを倒し、兄を故郷フェルネンドへ連れ帰るため、聖騎隊に残っている者たちと比べても突出した戦闘力を持つプレストンに相棒として白羽の矢を立て、隊へと加入した。

そこに、戦神と呼ばれた聖騎隊の大隊長ジャック・ストナーの血を引く自分と、他国から来たユーノにガルドという将来有望なふたりを加え、ようやく、兄への手がかりであり、倒すべき相手であるトア・マクレイグと再会した。

しかし、そのトアは、しばらく会わないうちに、自分たちの手の届かないほどの存在となっていた。今だって、ペタンとその場に尻もちをつかないよう耐えるので精一杯だ。

「ミリア……フェルネンド聖騎隊がオーレムの森のエルフ族に対して敵対行動を取るなら――君た

ちをこのままにしておくわけにはいかない」

「うぅ……」

剣先をミリアへと向けるトア。

だが、その心境は複雑なものだった。

プレストンはともかく、ミリアは小さい頃から知っている。兄が大好きで、仲良くしていたトアにはよくつっかかってきた。その一方で、同じ魔法を扱う資質を認められた者同士という縁もあるのか、エステルにはよく懐いていた。

『エステルさんなら、お兄様のお嫁さんになってもいいですよ？』

『えっ⁉　そ、それは……』

『ははは、エステルを困らせるんじゃないぞ、ミリア。俺もエステルも、トアしか見えていないんだからな』

そんなやりとりをしていたことを、トアは今でも覚えている。

現に、エステルは今も心配そうな顔でミリアを見つめ、ミリアはミリアでなんだかバツの悪そうな顔つきだ。

今ならミリアを説得できるかもしれないと感じたトアが、一歩踏み出した時だった。

「撤退だぁ！　本隊はすでに撤退行動を始めている！　残っている者はすぐに戻れ！」

聖騎隊の撤退を知らせる声が轟く。

「くっ！　ガルド、プレストン隊長を担いで！　この場から離脱するわよ！」

「ガウ！」

「うぅ……」

ユーノとガルドが撤退する中、ミリアもそれについていこうとしたが、その腕をエステルが掴んで止めた。

「待って！」

「エ、エステルさん⁉」

「お願い、私たちと一緒に来て、ミリア。クレイブくんも——あなたのお兄さんも、私たちと一緒にいるから」

「⁉　ク、クレイブお兄様が……」

クレイブの名を出すと、ミリアは脱力し、その場に座り込んだ。

ユーノは一瞬振り返り、動きを止めたミリアを気にして自身も足を止めるが、もう助からないと思ったのか、そのまま見捨てて走り去った。

エステルは怯えているミリアを抱きしめる。

同時に、遠くから勝利を喜び合う雄叫びが聞こえた。

「よっしゃあ！　俺たちが勝ったんだ！」

「ああ！　これで森の平和は守られる！」

「よかった！　本当によかった！」

その雄叫びの影響を受けて、こちらでも次々と喜びの声が飛び交う。

「……どうやら、終わったみたいだ」

トアも勝利を確信し、剣を収めた。

「まあ、最初から勝ちは決まっていたようなものよ」

「わふっ！　オーレムの森で待っているジャネットちゃんにも報告しないと！」

クラーラもマフレナもハイタッチしながら喜び合っている。

ただ、エステルとミリアはまだ動きそうになかったので、もうしばらくここにいることになりそうだ。

「本当によかった……」

トアは近くにあった木にもたれかかり、大きく息を吐いてそう呟くのだった。

◇　◇　◇

歓迎会の仕切り直しと祝勝会を兼ねたオーレムの森での大宴会。

当初はトアとエステル、ジャネット、マフレナ、そしてローザにクラーラを加えた六人が主役となるはずだったが、今回のフェルネンド王国撃退作戦で途中から加わったフォルやシャウナをはじめとする要塞村の面々も参加することとなり、オーレムの森史上最大規模の宴会が行われることとなった。

「要塞村で出る酒もうまいが、こっちのお酒はまた独特の味わいがしていいな！」

「うむ！　飲みやすいが物足りなさは感じない。不思議だなぁ」

「気に入ってもらえてよかったよ。こいつは森で採れる樹液や花の蜜を使った酒なんだよ」

ジンとゼルエスはエルフ族の戦士であるジェイルと早くも酒談義で打ち解けている。

「これは森で採れた野菜と魚を使った炒(いた)め物(もの)です」

「ほう、これは見たことがない料理ですね」

「うまい！　うまいですよ、フォルさん！」

「メルビン様がそこまで興奮して絶賛するのは珍しいですね。申し訳ありませんが、詳しい調理法を教えていただけませんか？」

「いいですよ。まずは野菜を切って、それから――」

自律型甲冑(かっちゅう)兵のフォルやオークのメルビンは、最初こそエルフたちが接しづらそうにしていたものの、今ではすっかり馴染(なじ)んでいる。

「そういえば、まだ正式に言えていませんでしたね。おかえりなさい、クラーラさん！」

「おかえりなさい」

「ありがとう、ルイス、メリッサ」

「で、いろいろと聞きたいことがあるんですけど……」

「いいわよ。何でも聞いて！」

「じゃあ、まずトア村長との馴(な)れ初(そ)めを！」

「はあっ⁉」

「あ、それ、私も聞きたいです」

クラーラはオーレムの森の仲間たちから質問攻めにあっていた。

「嬉しそうだね、クラーラ」

「久しぶりに昔の仲間たちと会えたからよ、きっと」

「今の要塞村に、エルフ族はクラーラさんだけですからね」

「わふっ！　私たちは毎日顔を合わせることができますけど、クラーラちゃんはそういうわけにもいきませんでしたしね」

トア、エステル、ジャネット、マフレナは仲間からいじられるクラーラの様子を見守っていた。

そんな四人のもとへ、アルディがやってくる。

「今回は本当にありがとう、トア村長」

「いや、そんな……」

「君のおかげで、私の夢は大きな前進を遂げた」

そう語るアルディの視線は、宴会を楽しむ人々に向けられる。

これまで、他種族を拒んできたエルフの森で、人間、銀狼族、王虎族、ドワーフ族、モンスターなど、さまざまな種族が入り交じって交流をしていた。

これこそ、アルディの理想としている光景だ。

「みんな楽しそうですね」

「ああ。今日だけに限らず、またこのような宴会を開きたいものだ」

「そうですね。要塞村の方はいつでも大歓迎ですよ」

「ははは、嬉しいことを言ってくれる！」

トアとアルディは互いに笑い合うと、次の宴会開催を約束し、グラスを合わせる。

こうして、オーレムの森での楽しい夜は更けていった。


同じ頃。

宴会場から少し離れた位置。

淡い月明かりに照らされながら、ひとりたたずむテスタロッサがいた。

「こんなところで何をしておるのじゃ、テスタロッサ」

いきなり名前を呼ばれたテスタロッサが振り返ると、そこにはかつて共に帝国と戦ったふたりの仲間がいた。

「交ざりに行かなくてよいのか？」

八極のひとりで枯れ泉の魔女ことローザ。

「君と終戦後にこうして直接顔を合わせるのは初めてだね」

同じく八極の黒蛇のシャウナだった。

「ローザ……風の噂で、あなたは終戦後は神樹ヴェキラの研究に熱を入れていると耳には入っていたけれど……ここへ来たのはその研究の一環かしら？」

「まさか。同じ村に暮らす仲間のクラーラのためじゃ」

「クラーラの？」

「そうそう。さっき聞いて驚いたよ。君がクラーラの剣の師匠だったなんてね」

「……昔の話よ」

クラーラの名前は出されたくなかったのか、テスタロッサはシャウナからそっぽを向いた。

「宴会には参加しないのか？」

「私は永久追放された身なのよ？　本来ならば、こうしてこの場にとどまっていることさえ許されないの」

「しかし君はここにいる。ということは……参加したいという意思はあるということだね？」

「…………」

テスタロッサは沈黙。

だが、その沈黙は語るよりも雄弁にテスタロッサの心理状態を表していた。

「クラーラのことが気になるのか？」

ローザの問いに、テスタロッサは答えない。

「あの子が人間のトアに好意を抱いていると知ったから、わざわざ試すようなマネをしたのじゃろう？　何せ、要塞村まで直接足を運んでふたりのやりとりを見ていたくらいじゃからな」

「……気づいていたの？」

「ワシを誰だと思っておる？　世界最高の《大魔導士》じゃぞ？」

「ふふ、そうだったわね」

初めて柔和な反応を見せたことで、少し心を開いてくれたかなと判断したシャウナが、先ほどの問いに続けて尋ねる。

「君は……これからどうする？」

「……これまでとやることは変わらないわ」

「そういえば、今のお主は何をやっておるのじゃ？」

終戦後の八極の足取りは、よく分かっていない者が多い。

魔法研究を続けるローザ、著名な考古学者として世界中の遺跡を調査しているシャウナ、鋼の山でドワーフたちの親方をしているガドゲル。現在の動きがハッキリとしている者は、この三人くらいだ。

「のぅ、テスタロッサ……もし、今特に何かをしているわけではないというなら、お主も要塞村へ住め！」

「それは名案だな」

ローザの提案に、シャウナも賛成する。

「私が？」

「そうじゃ。ちなみに、シャウナも一緒にそこで暮らしておるぞ」

「あの気まぐれな黒蛇が定住なんて……にわかには信じられないわね」

「それほど住み心地の良いところなんだよ、要塞村は」

「それに……クラーラたちはお主に会いたがっておるぞ」

再びクラーラの名を出すと、先ほどとは違い、少し明るさが見えた。

が、すぐに表情を引き締めると、テスタロッサは静かに語り始める。

「お誘いはありがたいのだけれど……私にはまだやることが残っているわ」

「それはなんじゃ？」

「……帝国との戦争で亡くなった人たちの魂を冥界へ送り届けることよ」

「!?」

それが、テスタロッサが世界を飛び回っている理由だった。

「未練があって冥界へは行けず、この世界にとどまり続けている不幸な魂たちをすべて救いだすまで、私は世界中の戦地だった場所を訪れているの」

「そうじゃったか」

ローザもシャウナも知らなかったテスタロッサの真実。

話はさらに続いた。

「私はまだあの子たちのもとへ戻れない……だから、あなたたちにお願いをするわ。どうか、クラーラを見守っていてほしい」

「私たちが見守っていなくても、彼女はたくましいから大丈夫さ」

「……確かに」

テスタロッサの願い。

クラーラを見守るとあったが、それはクラーラが自分と同じ道を辿らないようにしてもらいたいという意味なのだとふたりは悟った。もし、トアがいなくなった時、誤った判断をして自分のような目に遭わないように、と。

それともうひとつ――ローザとシャウナは聞き逃さなかった。

断りの中に「まだ」という単語が含まれていたことを。

テスタロッサがしている鎮魂の旅。

それが終われば、きっとまたクラーラたちのところへ帰ってくるだろうと確信した。

「では、お主が旅を終えるまで、気長に待つとするかのぅ」

「そんなすぐには終わらないわよ?」

「構わん。待つのは慣れておるからな」

「右に同じく」

「……昔と変わらず、変な人たちね」

テスタロッサは最後にふたりへ微笑んだ。

それは戦争中には見られなかった、とても柔らかな笑顔。

きっと、ダークエルフになる前――クラーラに剣術を教えていた、隣の家の優しいお姉さんだった頃のテスタロッサはこんな風に笑っていたのだろう。

「行くのか?」

「ええ。おかげで旅の終わりの楽しみができたわ」

「待っているよ、テスタロッサ」

「道中気をつけるんじゃぞ」

「あなたたちも、元気で」

テスタロッサはそう告げて、夜の闇に消えていった。

「……行ってしまったか」

「思ったよりも元気そうじゃったの」

「というより、一緒に戦っていた時とはまるで別人だ」

「憑き物が落ちたと言うべきか……ともかく、いい傾向じゃ」

「そうだな。――さて、そろそろ本格的に宴会へ参加しないと、酒も料理もなくなりそうだ」

「言えておるな」

ローザとシャウナは踵を返し、テスタロッサの進んだ方向とは逆にある宴会場へと歩きだした。

いつか、この逆に進んだ道が同じ道へつながることを願いながら。

◇◇◇

オーレムの森で行われる宴会は、要塞村の宴会に匹敵する賑やかさであった。

特にクラーラは久しぶりの故郷での宴会ということでいつも以上にテンションが高く、仲間たちとの再会を心から楽しんだ。

父であり、新しいオーレムの森の長であるアルディや、そのアルディに長の大役を譲って隠居した元長老は、元気なクラーラの姿を見て目を細めている。

かつて、八極のひとりである死境のテスタロッサの愛弟子として剣術の腕を磨き、おまけに念願だった《大剣豪》のジョブを手に入れることができた。しかし、それが原因で興奮し、元長老の家を破壊したことで追放処分を受けてしまう。

だが、今日まで森に住むエルフのほとんどが経験したことがない、森の外でたくましく生きてきた経験がクラーラを大きく成長させた。

それを、アルディと元長老は理解している。

だから、元長老もクラーラの追放処分を取り消したことへ何も言及せず、アルディはさらなる交流を願うようになった。

晴れて自由の身となったクラーラだが、要塞村を出る気は毛頭なかった。

その旨はすでに元長老たちに伝えている。

父アルディは娘が再び遠くへ旅立つことに涙を流したが、ルイスやメリッサから村の様子を伝え聞いたことと、宴会を通して村長であるトアの誠実な人柄に触れたことで踏ん切りがついたようだった。

そんな賑やかな宴会から一夜が明けた翌日の朝。

要塞村からの来客たちはそれぞれ森のエルフたちの家に一泊することとなり、トアやエステルたち女子組は再びクラーラの実家に泊まる運びとなった。

マフレナにたたき起こされた昨日とは違い、窓から差し込む木漏れ日で目が覚めたトアは、大きなあくびをしながら部屋を出る。

すると、ちょうどフォルと出くわした。

「おはようございます、マスター」

「おはよう、フォル。昨日はいいタイミングで到着したみたいだね」

「ちょうど聖騎隊の軍勢が森へ進撃していたところでしたからね。まあ、僕らがいなくてもローザ様とテスタロッサ様だけで十分だった気もしますが」

「死境のテスタロッサ……当然だけど、やっぱり強かったんだね」

「そうですね。恐らく、僕に皮膚があれば、彼女の戦闘を眺めている間、ずっと鳥肌が立っていたでしょう」

「そ、それは凄(すご)い……」

フォルのテスタロッサ評を聞きながら一階へ下りると、アルディが数名の若いエルフと話し込んでいる最中だった。

「どうかしたんですか？」

「おお！　トア村長、ちょうどいいところに！」

若いエルフのうちのひとりがトアを発見すると、鼻息荒く駆け寄って来る。

「実は折り入ってお願いがあるのです！」

「お、お願いですか？」

その迫力に押されながらも、トアは落ち着いて青年エルフのお願いに耳を傾けた。

「我々エルフたち合計二十二名を要塞村に移り住まわせてもらいたいのです」

「えぇっ⁉」

突然の申し入れに、トアは目を丸くする。

それから、説明を求めるようにアルディへと視線を送ると、アルディは未だ興奮冷めやらぬ若者エルフを制止してから話し始めた。

「トア村長も知っての通り、我らはこれまで純血至上主義を貫いてきた。――だが、もうそんな古臭い考えは捨てなくてはならない。我々エルフ族が絶えぬようにするには、他所からの血を入れるのもまたひとつの手段であると考えている」

「つ、つまり……」

「もはや純血という呪縛など必要はないということだ」

握る拳にさらなる力を込めて、アルディは饒舌に語る。

「これからの世界は柔軟な思考で立ち向かっていかなければならない……その点、トア村長の要塞村はさまざまな種族の者たちが協力し合って生活していると聞く」

「え、えぇ」

「そのような環境に、是非とも我が村の若者たちを触れさせたいと、私だけでなく若者たち自身も思い立ったのだ」

「な、なるほど……分かります」

アルディの考えに、トアは賛同する。

トアはトアで、若いエルフの加入は歓迎すべきことだった。

というのも、ドワーフたちと力を合わせて造った大規模な牧場は現在経営者が不在のため開店休業状態であったからだ。そこで若いエルフたちに働いてもらおうと考えた。森の中には牧場もあったので、きっとノウハウはあるのだろう。

早速、トアはその場にいたエルフたちに今思いついた案を語る。

エルフたちは皆一様に「喜んで！」とこの案を呑(の)んでくれた。

ちなみに、要塞村への移住を希望する者の中には、ルイスとメリッサの名前もあった。


移住の話がまとまったところで、トアは要塞村から同行しているエステル、クラーラ、ジャネット、マフレナに事の顛末(てんまつ)を報告。

彼女たちも新しい村人の加入に賛成の意思を表明してくれた。

「みんなが住んでくれるのなら心強いわ」

若いエルフはクラーラとも顔馴染(かおなじ)みの者たちばかり。

これまで、村でエルフといえばクラーラのみだったので、同族がいるということは精神的にもかなり楽になるだろう。

それに、巨鳥ラルゲがいればいつでもこの村へと戻って来られる。これからはエルフの森との交易も盛んに行われるだろう。

残る問題はこの後の要塞村までの移動方法だ。

ここまで、ラルゲの背に乗ってきたトアたちだが、後から合流した村民にエルフの若者たち全員となると村と森を何度か往復しなければいけない。だが、そんな懸念はローザの一言で消し飛ぶ。

「ならば数を増やそう」

「えっ⁉　増やせるんですか⁉」

「ラルゲはな、六つ子なんじゃ」

森の外で、巨鳥ラルゲが六羽も整列している。

その光景は圧巻の一言だった。

「さて、それでは要塞村へ戻るとするか」

「はい！」

六羽のラルゲの背に乗り、順番に空へと舞い上がる。

最後に残ったのはトアたち村人組。

中でもクラーラは長々と父アルディと話し込んでいた。

もう少しオーレムの森へ残ることも提案したのだが、「早く村へ戻らないと、あっちのみんなが寂しがるでしょ？」と言って却下された。

「体には気をつけるんだぞ、クラーラ」

「それはこっちのセリフ。パパこそ私がいないからってお酒ばかり飲んじゃダメよ？　あと、ちゃんとした食事をすること！」

「ははは、肝に銘じておくよ」

最後に、親子はハグを交わして別れた。

「親子か……」

「いいわね、ああいうの」

「うん。そうだね……」

その光景をラルゲの背中から眺めていたトアとエステルは、幼い頃の自分と重ね合わせて少ししんみりした気持ちになっていた。

もし、あの時、シトナ村が魔獣に襲われていなければ、きっとふたりの両親はまだ健在だっただろう。クラーラ親子を見ていると、在りし日の思い出がよみがえってきたのだった。

「お待たせ」

戻ってきたクラーラは自然な流れでトアの横へと座ると、「はい」と言って手にしていた紙をトアへと渡した。そこには「トア村長へ」と達筆な文字が。

「これは？」

「パパからトアへ渡してくれって」

「俺に？」

紙の正体はアルディ直筆の手紙。

一瞬、「なぜだろう」と疑問が浮かんだが、きっと、「これからも娘をよろしく頼む」という挨拶的な内容に違いないと解釈する。

　とりあえず、中身を確認するため手紙を開いて読んでみる。

『このたびは娘のためにわざわざお越しいただき、本当にありがとうございました。娘の元気な姿を再び見ることができたのも、あなたが村長を務める村の生活が楽しいからなのだと思います。少しやんちゃなところがありますが、これからもどうかクラーラをよろしくお願いします』

　手紙の内容は予想通りのものだった。

　父らしい子を想う文面に、アルディのクラーラに対する深い愛情を感じ取ることができる。

「アルディさん……」

　感動していたトアだが、

「うん？　もう一枚ある？」

　トアはもう一枚の手紙に目を通す。

『追伸――ちなみに、オーレムの森に住むエルフの掟では重婚が可能です。最近は廃れてしまいましたが、一応まだ消さずに残っています。トア殿はとても魅力的な恋人を大勢連れているようですが、どうかその中にクラーラを加えていただけないでしょうか。昨晩、それとなくトア殿の印象を尋ねてみたりしたのですが、当人も満更ではない様子だったので、ちょっと攻めればすぐに落ちると思います。また、あの子は母親にとてもよく似ているので、恐らく首筋当たりをそっと』

「…………」

　そこまで読んで、トアは静かに手紙を閉じた。

そして、「さっきの感動を返してくれないかな……」と誰にも聞かれないような小声でボソッと呟く。

「あれ？　もう読み終わったの？　結構な量の文章書いていたみたいだったけど」

「あ、う、え、えっと……つ、続きは村に戻ってから読もうかなって」

「……なんか顔赤くない？」

「うえっ⁉　そ、そそ、そんなことないんじゃないかな？」

「手紙を見せて」

「いや、でも」

「見せなさい」

「……はい」

クラーラの真顔から発せられる圧倒的オーラに気圧されて、トアはアルディからの手紙を渡した。

その文面を見たクラーラの顔はみるみる赤くなり、その場で手紙を破り捨てる。

「ねぇ……トア」

「は、はい」

「どこまで読んだ？」

「……首筋のくだりまで」

「⁉」

恥ずかしさが限界を突破したクラーラにポカポカと叩かれ、さらにクラーラが赤面している理由をエステル、ジャネット、マフレナに問いただされるトア。

早く要塞村についてくれ。

そう祈りつつ、迫り来る女子四人からどう逃れようか必死に考えるトアだった。

エピローグ

要塞村へ帰還後、早速エルフたちに牧場仕事を任せることに。

牧場で育てるのは金剛鶏と金牛の乳牛種――以上。

食肉用の家畜の飼育も行おうかという話は出たが、銀狼族や王虎族の仕事として狩りが成立しているため、要塞村牧場では卵と牛乳の確保だけにとどめておいた。

その分、フォルの発案でチーズや燻製卵という新たなメニューを開発。

要塞村の食卓はさらなる彩を手に入れた。

新しく加わったエルフたちの部屋は、トアがひとりずつ要望を聞き、リペアとクラフトを駆使して用意していった。

住み慣れた森を出て、まったく知らない土地での生活に、いろいろと気苦労が増えるだろうと懸念していたトアやローザであったが、エルフたちはまったくそんな素振りを見せず、要塞村に馴染んでいった。

さらに、トアは戻った翌日に領主のチェイス・ファグナスにエルフ族が増えたことを報告。

たまたま居合わせたエノドア町長のレナードも合わせて、トアの報告に腰を抜かすほど驚くチェイス。

「これまで、多くの国がエルフ族との交流を試みたが、そのすべてが失敗に終わっている。それを村ができてからこれほど短期間のうちに成立させるとは……トア村長の大器には驚かされてばかりだな」

「本当に凄いですよ、トア村長。僕も見習わないと」

「そ、そんな、大袈裟ですよ」

謙遜するトアだが、チェイスとレナードの絶賛は止まらなかった。

ひとしきり褒められた後、チェイスからフェルネンド王国のその後を聞かされた。

「最初聞いた時は耳を疑った。まさか、神聖なエルフの森を武力で制圧しようなどと……おぞましい限りだ」

むろん、そのような蛮行が許されるはずもなく、フェルネンド王国はダルネス侵攻で下がった信用がさらに下落。もはや国家としての存続さえ危ぶまれるほどに落ちぶれていた。

そんな中、トアが気にしているのはミリア・ストナーの処遇についてだ。

「現在、彼女はエノドアの診療所にいる。兄のクレイブ・ストナーが付きっきりで元気づけているそうだよ」

レナードからの報告を受けて、トアが恐る恐るチェイスへ尋ねた。

「それで……ミリアはこれからどうなるんですか？」

「……ダルネス侵攻作戦には参加していないし、今回はオーレムの森が標的になっている。彼女自身がセリウス王国に与えた損害はない」

「い、いや、それは……」

かなり強引な理屈。

だが、トアからすれば、チェイスがミリアをどうにかして救ってあげたいという考えを持ってくれたことが嬉しかった。

今のところはまだ結論を出せないが、聖騎隊の情報などの見返りがあれば、ネリスの父であるフロイド元大臣のようにセリウスの国民として認められるかもしれないとのことだった。

この辺については、今後の経過次第となりそうだ。

「しかし、今回の件で、聖騎隊を指揮していたディオニス・コルナルドは国王の逆鱗に触れるでしょうね」

「怒られるだけじゃすまないぞ。どう足掻いても爵位剥奪は免れないだろうな」

「現在、フロイド元大臣が、かつての伝手を頼りに情報を集めてくれていますが……父上の言う通り、コルナルド家が爵位を剥奪されるのは間違いないでしょうね」

「エルフの森への武力行使ってだけでも他国からすれば印象最悪な上に、あれだけの軍勢を率いて戦果ゼロではな。自分の無能ぶりを大声で世界にアピールしただけに終わったってわけだ。あいつはこれから百年くらい戦史上最大の笑い者として扱われるだろうな」

レナードからの報告に、腕を組んで頷くチェイス。

その後、ファグナス家からセリウス王家にエルフ族加入を正式に伝えるということで決定。

「オーレムの森との交流は全面的に要塞村へ託されるだろうな。今の状態でセリウス王家が絡んでもろくな結果にならないだろうし」

「そ、そうでしょうか……」

「彼らは君だから心を開いたんだ。要塞村だから移住したいと思ったんだ。そこへ突然セリウス王国が介入して、うまくいくと思うか」

チェイスの言うことはもっともだった。

だが、裏を返せば、村長であるトアの責任は重大なものとなってくる。

そう思った時、不安な気持ちが胸に広がっていった。


ファグナス家の屋敷から村へ戻り、夕食を済ませたトアは屋上庭園に来た。

「…………」

無言のまま芝生へ横になり、星空を眺める。ここへ来た目的は特にない。

ただなんとなく、このままじゃ寝られない気がしたので、夜風に当たりに来た――それくらいの軽い感覚だった。

しばらくその状態でいると、いろんなことが思い出されてくる。

フェルネンド王国で過ごした日々――国を出るきっかけは辛いものだったが、そのおかげで自分の本当のジョブに気づけたし、こうして村をつくって楽しい日々を送れている。

だが、ここまで村が大きくなり、そこに住む者たちが伝説的種族ばかりになれば、それこそ今回のフェルネンド王国のように放っておかない輩も出てくるだろう。

今回の戦いも、弱体化の始まった聖騎隊が相手だったから勝てたかもしれない。

もし、強力な武力を有する国が乗り込んできたら、その時は、

「俺に要塞村を守れるかな……」

そんなことを考えてしまう。

少し暗いことを考えたせいか、気落ちしていたトア――が、その時、目の前がパッと明るくなった。

「えっ？」

不思議に思って見上げると、神樹の輝きが増し、小さな金色の光球が雪のように降り注ぐ。

トアにはそれが、「誰か忘れていないか？」と神樹が言っているように思えた。

「励ましてくれるのか？」

「こんなところにいたのね、トア」

そう言って、神樹を見上げていると、トアへ声をかける者たちがいた。

「何？　眠れなかった？」

「わふっ！　つまり夜更かしですね！」

「ちょっと違うと思いますよ、クラーラさん、マフレナさん」

やってきたのはエステル、クラーラ、マフレナ、ジャネットの四人。

「ごめん……心配をかけて」

思わず、トアは潤んだ声を出してしまう。

「ど、どうしたの、トア」

「何か悩みでもあるの？」

「でしたら、私たちがお力になります」

「そうですよ、トアさん。ひとりで悩まないでください」

「あ、ああ……」

トアは心配そうにこちらを見つめる四人に、「ありがとう」と礼を述べる。

——それだけじゃない。

「水臭いですな、トア村長！　銀狼族はいつだってトア村長の味方ですぞ！」

「我ら王虎族も気持ちは同じ！」

「ドワーフ族もお忘れなく！」

「当然、私たちエルフ族も力になりますよ！」

「何でも相談してくださいね」

「モンスター組もいますよ！」

「私たち大地の精霊も～、村長を応援しているのだ～」

「まったく、お主はいろいろとひとりで抱えすぎじゃぞ」

「そういうことだ。我ら八極をもっと頼ってくれていいんだぞ」

「僕の存在も忘れてもらっては困りますよ、マスター」

「わたくしもいますわ、トア村長！」

銀狼族と長のジン。

王虎族と長のゼルエス。

ドワーフ族。

エルフ族と双子のメリッサとルイス。

モンスター組とメルビン。

大地の精霊とリディス。

八極のローザとシャウナ。

自律型甲冑兵のフォルと幽霊少女のアイリーン。

ファグナス家から戻ってから様子がおかしいトアを心配し、各種族が集結しつつあったのだ。

「みんな……」

村民たちから「自分たちを頼ってくれ！」と言葉を送られたトアの目頭は熱くなっていく。

こんなにもたくさんの素晴らしい仲間に囲まれている——トアにはその事実がたまらなく嬉しかった。

「ありがとう！　本当にありがとう！」

トアは心から感謝していることを村民たちに告げる。

夜の闇を照らす金色の魔力に彩られた要塞村は、今日も変わらず平和で穏やかで温かかった。

あとがき

こんにちは、作者の鈴木竜一です。

もう四巻ですか……時が経つのは本当に早いものですねぇ。おかげさまでコミカライズも始まりますが、こちらもまたひとつの目標でしたので嬉しいかぎりです。

ありがたいことに、新たにふたつの新作が書籍化作品として出版されることとなりました。四月五日にはドラゴンノベルス様より「追放された魔剣使いの商人はマイペースに成り上がる　前世で培った《営業スキル》で、仲間と理想のお店を始めます。」、さらに来月八日にはツギクルブックス様より「嫌われ勇者に転生したので愛され勇者を目指します！　～すべての「ざまぁ」フラグをへし折って堅実に暮らしたい！～」がそれぞれ発売となります。よろしくお願いします！

それでは最後に謝辞を。

担当S氏には今回も大変お世話になり、イラスト担当のＬＬｔｈｉｋａ様にはまたまた素敵なイラストをたくさん描いていただきました。今回の冬服も大変素晴らしい！　そして、トア以外ではカバー最多登場のクラーラにはもはや貫録を感じます。

最後に、ここまで読んでくださったすべての読者様に最大級の感謝を……。

では、またお会いしましょう。

カドカワBOOKS

無敵の万能要塞で快適スローライフをおくります4
～フォートレス・ライフ～

2021年4月10日　初版発行

著者／鈴木竜一
発行者／青柳昌行
発行／株式会社KADOKAWA
〒102-8177
東京都千代田区富士見2-13-3
電話／0570-002-301（ナビダイヤル）

編集／カドカワBOOKS編集部
印刷所／暁印刷
製本所／本間製本

ISBN 978-4-04-074040-9 C0093